UN MARI

MYSTIFIÉ

PAR

MME OLYMPE AUDOUARD

PARIS

E. DENTU, ÉDITEUR

LIBRAIRE DE LA SOCIÉTÉ DES GENS DE LETTRES

PALAIS-ROYAL, 13 ET 17, GALERIE D'ORLÉANS

1863

UN

MARI MYSTIFIÉ

UN

MARI MYSTIFIÉ

PAR

Mme OLYMPE AUDOUARD

PARIS

E. DENTU, ÉDIDEUR

LIBRAIRE DE LA SOCIÉTÉ DES GENS DE LETTRES

PALAIS-ROYAL, 13 ET 17, GALERIE D'ORLÉANS

—

1863

MARI MYSTIFIÉ

NOUVELLE ORIENTALE

CHAPITRE Iᵉʳ.

CONFIDENCES D'UNE BELLE DÉLAISSÉE.

Rien n'est merveilleusement beau comme les rives du Bosphore, alors que les derniers rayons du soleil marient leurs reflets éblouissants à ses flots bleus, alors qu'à la brise tiède se mêlent ces doux murmures pleins de charme, bruissements de mille insectes, derniers chants des oi-

1

seaux, frôlement du feuillage, musique insaisissable, impossible à noter, mais qui captive et plonge dans une molle rêverie celui qui se laisse aller à l'écouter.

Alors que tout dans la nature dit amour, bonheur ! que les parfums âcrements enivrants des fleurs de l'Asie embaument l'air, oui, alors les rives du Bosphore sont d'une poétique et indescriptible beauté qui ravit, étonne l'étranger qui arrive à Constantinople. Il se dit : Ainsi devait être le séjour enchanté où Dieu plaça nos premiers parents ! et s'ils goûtèrent au fruit défendu, franchement nous devons les excuser, car la nature chante ici un hymne d'amour ; tout y dit, y répète : Aimez, aimez !

Et si le Turc oublie les plaisirs de l'esprit, de la science, pour ceux de l'a-

mour, ce n'est pas sa faute, c'est celle
du climat, de la riche nature que Dieu
lui a donnée.

A cette heure du jour, les kaikjiés,
tout en ramant, chantent de gaies chan-
sons, qu'accompagne le clapotement de
leurs rames légères qui frappent l'onde.

De tous les yallis qui bordent le Bosphore s'échappe un bruit frais et har-
monieux, éclats de rires argentins, qui
s'unissent au son de la guitare et de la
gista. Sur toutes les terrasses l'on voit
de graves musulmans aspirant avec volupté les bouffées de fumée qui sortent de
leurs narguillés. Ils font une frugale collation avant le dîner : figues de Barbarie, rai-
sins de Corinthe, qu'ils arrosent de raki.

Aux fenêtres des harems l'on aperçoit
la tête curieuse d'une foule d'esclaves.

Elles regardent à travers les barreaux
de leur cage ce va-et-vient du Bosphore,
l'oiseau qui prend follement son vol ra-
pide dans la nue; et elles se disent : Que
ce doit être bon la liberté !

Stamboul, cette immense cité aux minarets blancs, aux palais enchantés, se
déroule d'un côté, tandis que de l'autre
côté l'on voit l'Asie avec ses plaines
plantées d'aloès et de dattiers.

Dans un petit yalli, construit en pierre,
grand et dispendieux luxe dans ce
pays, un calme mélancolique régnait ce
jour-là : ni la musique avec ses sons
joyeux, ni le bruit de vives conversa-
tions, ne s'y faisait entendre; tout y était
silencieux : pourtant il était habité. Dans
une grande chambre du premier étage,
sur un divan placé près d'une croisée

au-dessous de laquelle les vagues ve-
naient se briser, était couchée une jeune
femme, toute jeune ; à peine avait-elle
vu refleurir vingt fois la rose églantine.
Une légère tunique en drap d'or formait
toute sa toilette, une écharpe en soie
rouge serrait sa taille fine et souple, que
nul corset ne retenait. Ses petits pieds
nus se jouaient dans des babouches en
tissu d'or ; sa tunique indiscrètement
entr'ouverte laissait apercevoir une poitrine d'un modèle parfait, rosée et blanche comme la feuille de la rose de mai.
Son bras entièrement nu rappelait ceux
que Phidias a sculptés. Ses cheveux
étaient d'un noir bleu ; défaits, longs et
soyeux, ils retombaient sur ses épaules
en mille ondulations gracieuses ; ses

yeux, frangés de longs cils noirs, étaient plus bleus que l'azur, son teint blanc mat; sa bouche fraîche et vermeille semblait créée pour sourire à la vie, au bonheur, et pourtant une amère pensée la plissait douloureusement, une larme tremblotait au bout de ses longs cils, et sa main blanche et mignonne effeuillait avec des mouvements nerveux et saccadés les fleurs d'un bouquet.

La tristesse, cette vieille marâtre qui s'abat souvent sur nous dès notre berceau, et qui ne nous quitte que lorsque la tombe nous offre son dernier asile, avait déjà troublé la vie de cette belle et ravissante créature; oui, déjà Lucile avait bu à la coupe empoisonnée de la douleur. Tout en elle le révélait: sa pose alanguie, ses yeux voilés de larmes, le sourire de froide désespérance qui errait sur ses lèvres.

Assise non loin d'elle, ou plutôt accroupie à la turque sur le tapis, une vieille négresse brodait. De temps en temps elle levait les yeux de dessus son ouvrage et jetait un regard inquiet sur sa jeune maîtresse, regard où l'on lisait la tendresse alarmée d'une mère qui voit souffrir son enfant.

Enfin, voyant le front de la jeune femme s'assombrir davantage, des pleurs tomber lentement de ses yeux sur ses blanches joues, elle se releva et, rejetant son ouvrage loin d'elle, elle vint s'agenouiller près de sa maîtresse. Elle prit sa main, la baisa, et, levant sur elle un regard attendri et suppliant, elle lui dit :

« Maîtresse, je t'en conjure, ne pleure pas; vois-tu, la vieille Naka t'aime, ça lui serre le cœur de te voir ainsi.

— Que veux-tu, ma bonne Naka, mon cœur est gros; pleurer adoucit le feu qui le consume, c'est le seul soulagement à mon ennui, laisse-moi donc pleurer.

— Mais tu te rendras malade.

— Eh bien! que m'importe? une vie sans bonheur est un lourd fardeau.

— Maîtresse, maîtresse, ne parle pas ainsi, tu es jeune, belle comme une houri du paradis de notre grand prophète, le malheur ne saurait t'atteindre.

—Hélas! murmura Lucile, il a étreint mon cœur et l'a broyé.

—Écoute, maîtresse, poursuivit Naka d'une voix câline, il n'y a que six mois que je suis à ton service; mais déjà je t'aime comme si j'avais protégé ton enfance. Nous nègres, vois-tu, si nous avons la peau noire, nous avons le cœur bon; nous aimons avec la même force que nous détestons. Tu as été bonne, tu m'as traitée avec douceur; pour t'éviter un chagrin, je donnerais ma vie. Aie confiance en moi, dis-moi ce qui cause ta douleur; les vieilles femmes, crois-moi, connaissent plus d'un remède pour guérir les plaies du cœur.

— Bonne Naka, va, je sais toute la sincérité de ton attachement; mais, hélas! celui qui a blessé mon cœur pourrait seul le guérir, et l'ingrat ne s'en aperçoit même pas.

— Quoi! aimerais-tu un autre homme que ton mari? Il est pourtant jeune et

1.

beau, dit la négresse d'un air étonné.

— Moi! aimer un autre homme que Raoul, serait-ce possible?

—Eh bien! mais si tu aimes ton mari, lui t'aime aussi : d'où peut venir ta tristesse?

— Mais ce qui la cause est précisément mon amour profond pour lui, lui qui depuis quelque temps ne m'aime plus.

— Il ne t'aime plus, le maître? dis-tu; mais cependant tu es sa seule femme. »

Cette réflexion fit sourire la jeune Française.

« Dans notre pays, avec nos lois, nos maris, ma bonne Naka, n'ont pas le droit de prendre plusieurs femmes.

— En voilà des lois sages! exclama la

négresse ; pourquoi Mahomet nous en a-
t-il donné de contraires ?

— Avant de t'extasier sur leur sagesse,
laisse-moi te dire que, si les lois ne per-
mettent pas aux époux de notre nation
de prendre plusieurs femmes, elles ne
leur interdisent nullement, alors qu'ils
ont une épouse douce, qui les aime bien
tendrement, de dédaigner son amour, de
briser son cœur de douleur et de jalousie, et d'aller porter leur tendresse à
une autre femme, en abandonnant la leur
au désespoir.

— Mais, dans ce cas, maîtresse, la
femme a certainement le droit de divor-
cer d'avec cet ingrat et infidèle et d'épouser un autre homme qui l'aime et lui fait
connaître les joies délirantes de l'amour,

les plaisirs purs et tranquilles d'une vie
à deux?

— Non, les Françaises n'ont pas ce
droit-là, elles sont liées à leur mari d'une
chaîne que la mort seule peut rompre, et
alors même que ceux-ci les abandonnent
pour vivre entièrement et publiquement
avec une autre femme, alors qu'ils se
sauvent à l'étranger avec une maîtresse,
alors qu'ils les accablent de mauvais
traitements, alors même que la femme,
croyant épouser un honnête homme, a
épousé un fripon, et que ce fripon est con-
damné au bagne pour la vie, elle reste
toujours liée à son mari ; elle ne peut
rompre ce nœud fatal, elle ne peut que
se séparer, et, dans ce cas-là, elle reste
seule au monde, exposée à mille ennuis,

mille dangers. La loi, qui la laisse dans cet état, ne lui tend nullement une main secourable, et ne s'occupe d'elle que pour la punir si elle vient à faillir.

— Mais, maîtresse, vois donc comme l'on abuse de notre ignorance; figure-toi que l'on veut nous persuader, à nous, pauvres filles de l'Orient, que les Françaises sont les plus heureuses femmes du monde, et que la France est le pays le plus civilisé.

— Oui, nous sommes civilisés! beaucoup trop même, car l'excès de civilisation conduit à la barbarie, répondit Lucile.

— Alors c'est bien heureux pour nous que nous ne le soyons pas trop, n'est-ce pas, maîtresse? Mais, dis-moi, pourquoi supposes-tu que le maître ne t'aime plus?

Il loge toujours avec toi , il te parle doucement ; il n'a pas l'air d'avoir envie de
te quitter.

— Mon cœur a le triste pressentiment
que le sien n'est plus à moi , et le pressentiment du cœur ne trompe jamais...
Depuis trois mois, lui qui avait toujours
été si tendre, si amoureux, il devient
froid, distrait avec moi. Tu le vois, il me
laisse tout le jour seule ; le soir, il rentre
tard ; il est tantôt rêveur, taciturne,
tantôt d'une gaieté folle : à sa rêverie,
comme à sa gaieté, il ne m'associe pas, je
suis presque une étrangère pour lui...
Oh ! je souffre, Naka, j'ai l'enfer dans
l'âme, car la jalousie, ce serpent à la
gueule envenimée, m'a mordue au cœur.

— Tu crois qu'il aime une autre
femme ?

— Hélas ! j'en suis sûre ; seulement, je reste là inerte, plongée dans mon chagrin ; je ne cherche pas à savoir la vérité, à connaître celle qu'il aime, car, si l'incertitude me fait souffrir, la certitude me tuerait !...

— Eh bien, veux-tu avoir confiance à la vieille Naka ? Avant huit jours, elle connaîtra la vérité ; elle te dira si ton mari t'est réellement infidèle.

— Ah ! je ne veux pas le savoir, s'écria Lucile.

— Mais si : pour remédier à un malheur, il faut en connaître toute l'étendue. Si tu promettais seulement d'être raisonnable, de ne plus t'enlaidir à pleurer tout le jour, moi, je te promettrais qu'avant un mois ton mari serait à tes pieds, plus amoureux que jamais.

— Vraiment, Naka, tu ferais cela ?
Vrai, bien vrai? »

A cette vague espérance, un rayon de
bonheur s'épanouit sur le front de la belle
délaissée, et elle passa son bras blanc et
rose autour du cou de la négresse et
l'embrassa avec un mouvement d'enfan-
tine joie.

« Oui, je te le promets, reprit la
négresse; seulement il faudra faire tout
ce que je te dirai.

— Ah! pour reconquérir le cœur de
mon Raoul, il n'est rien que je ne fasse...
Je suis prête à t'obéir, que faut-il
faire?

— D'abord, tu vas rafraîchir tes beaux
yeux, secouer ta tristesse, te faire belle,
et recevoir tantôt ton mari, alors qu'il va
venir dîner, d'un air calme, heureux;

mais tu ne lui feras aucune avance, tu seras même froide avec lui.

« Demain, je saurais pourquoi il n'est plus amoureux de toi ; nous connaîtrons le nom de l'ennemie, si nous en avons une ; nous la combattrons, et , j'en suis sûre, l'ingrat te reviendra...

— Écoute, Naka, on m'a parlé de charmes infaillibles que possède le derviche Alirem : si nous allions lui en demander un ?

— Non, maîtresse, les tiens seront plus puissants, je l'espère, que ceux d'Alirem, qui ne réussissent, hélas! pas toujours.

— En as-tu essayé ?

— Oui, et il m'a été fatal le charme de ce maudit derviche...

— Conte-moi cela.

— C'est une sombre et doulou-
reuse histoire, maîtresse ; elle t'attris-
terait.

— C'est égal, je t'en prie, raconte-la
moi.

— Eh bien, écoute. J'avais seize
ans alors, on me trouvait belle ; mes
lèvres étaient épaisses et rouges comme
la grenade, mon nez épaté, mes dents
plus blanches que les perles qui ornent
le cou de nos grandes dames ; ma taille
était bien prise, ma gorge ferme et belle ;
tous mes frères les noirs me faisaient la
cour, et plus d'un blanc me regardait
aussi avec des yeux pleins de douceur...
Pourtant je restais insensible à toutes ces
avances, car j'aimais le fils de ma maîtresse, jeune et beau garçon de vingt-
deux ans.

— Un homme blanc, dit Lucile avec étonnement.

— Oui, un blanc ! Sa peau était pareille à la feuille de la rose, son œil était bleu comme l'onde, et sa chevelure plus blonde que l'épi de blé en août.

— Et cet homme t'a aimée ? ajouta la jeune femme avec une surprise qui n'était pas très-flatteuse pour la négresse.

— Il y avait un an que je l'aimais, continua Naka, et lui ne s'était pas même aperçu de mon amour. En vain mes yeux s'attachaient-ils sur les siens tendres et ardents : les siens restaient froids ; en vain affectais-je de me trouver toujours sur ses pas et de de déployer toutes les ressources de la coquetterie, qui est aussi bien connue des filles à peau noire que des blanches : il ne comprenait pas. Rien n'irrite l'amour comme l'indifférence; le mien me brûlait le cœur, m'enlevait l'appétit et le sommeil.

« Un jour je me décidai à aller trouver Alirem. Je lui demandai un de ses charmes. Je lui racontai que j'étais amoureuse folle de mon jeune maître, qui, lui, n'avait pas même l'air de me remarquer, alors que les flammes de l'amour brûlaient mon cœur. Alirem me remit une petite cassolette grande comme une piastre, recouverte de satin bleu; il dit quelques paroles inintelligibles pour moi en la tournant et retournant dans ses doigts, puis il me la donna :

« Place-la, me dit-il, sur ton cœur; ce « soir, lorsque la lune aura percé les nua- « ges, que sa douce clarté caressera la « terre, entre à petits pas et sans bruit

« chez celui que tu aimes ; mets-toi à ge-
« noux devant lui et dis-lui : « Maître,
« voici ton esclave soumise dont le cœur
« s'est donné à toi ; elle n'a pu , faible
« femme, résister aux charmes de ta sédui-
« sante beauté. Naka est noire de peau,
« mais son âme est blanche et son cœur
« brûlant. Ne la fais pas souffrir davan-
« tage ; laisse ton cœur s'attendrir ! » Dis
« cela à celui que tu aimes, et sois sûre
« que, grâce au charme que je te donne,
« il répondra à ta tendresse. »

— Mais, dit Lucile en souriant, le
charme du derviche n'avait plus grand
mérite à opérer après ta démarche et tes
paroles... Te risquant à cela, tu aurais
pu te dispenser de l'amulette... »

La négresse, que ce souvenir rajeunis-
sait, avait un éclair de passion dans les

regards ; elle n'entendit pas, et continua :

« Le soir, j'étais bien tremblante et bien émue, je te jure, maîtresse. Suivant l'ordre du derviche, j'attendis l'heure du calme et du sommeil. Il faisait ce soir-là une chaleur accablante ; mon maître avait laissé ses croisées ouvertes, la lune aux blancs rayons venait caresser ses blonds cheveux... Il fumait son chibouc, assis sur un divan... J'entrai doucement ; je le contemplai un instant... mon cœur battait avec force, mes jambes fléchissaient sous moi. D'une main convulsive je serrai mon amulette sur mon cœur. Je fus, chancelante, m'agenouiller devant lui ; j'essayai de me souvenir des paroles que m'avait dites Alirem, et je voulus les lui répéter ; mais, hélas ! l'émotion arrêtait la voix dans ma gorge. »

Naka s'affaissa sur le tapis, mit la tête entre ses mains et resta plongée dans ses souvenirs.

Lucile considérait ses cheveux laineux et crépus, sa peau noire et huileuse, et elle se disait : « Il faut vraiment que le cœur des hommes soit bien bizarre et leur goût fort douteux si ce jeune blanc, dont elle compare le teint à la feuille de la rose et la chevelure à l'épi de blé, l'a aimée! » Désireuse de satisfaire sa curiosité, elle lui dit :

« Eh bien ! le charme opéra-t-il? »

Naka souleva la tête, ses yeux étaient humides de larmes :

« Oui... mon maître fut touché de mon amour; il daigna aimer son humble et indigne esclave!... Pendant un an je connus le bonheur!... celui que Maho-

met, notre illustre et grand prophète,
promet aux vrais croyants. Ma vie était
un rêve, un délire; je la passais aux
pieds de mon bien-aimé; sa voix, plus
douce que la brise qui nous arrive des
côtes d'Asie, me disait souvent : « Naka,
« tu es belle !... Je t'aime !... »

« J'étais devenue son odalisque; j'en
avais le grade; toutes les esclaves blanches me jalousaient; elles disaient :
« Quoi ! cette noire fille de l'Asie a cap-
« tivé le maître, tandis que nous, blanches
« et belles, nous sommes dédaignées par
« lui ! » Elles jetaient sur nous des regards
de sombre jalousie... Mais que m'impor-
portait leur haine ?... j'avais l'amour de
mon bien-aimé... tout le reste m'était indifférent.

« Un jour, jour fatal, une vieille

femme arriva, suivie d'une jeune esclave circassienne âgée de quatorze ans tout au plus et belle comme une houri. A sa vue, mon cœur se serra, je me sentis prise de vertige... Je m'adossai au mur, et je restai là à regarder cette jeune fille d'un regard qui devait être farouche, car elle eut peur et dit à la vieille : « Cette négresse me regarde « d'une façon qui me donne le frisson...»

« Le maître entra; il ne me vit même pas; il sourit à la jeune fille, l'attira vers lui et lui dit : « Haïssa, dis-moi encore « une fois que tu consens à ce que je t'a- « chète et que je fasse de toi ma femme « adorée...—Seigneur, Haïssa sera heu- « reuse et fière de devenir ta femme », répondit cette fille avec un doux regard... Lui l'embrassa... Moi, je poussai un cri

affreux ; il me sembla que ma tête s'ou-
vrait. Je perdis l'équilibre et je tombai
lourdement sur le parquet.

« Que se passa-t-il, je l'ignore... Je me
réveillai trois jours après dans mon lit,
faible et mes idées peu nettes encore...
Je voulus me lever : la garde-malade dor-
mait dans un coin. Il me semblait que
l'air du dehors me ferait du bien et dis-
siperait le vague de mes idées ; je ne me
souvenais plus de rien... Où est mon
bien-aimé, me disais-je ? pourquoi a-t-il
laissé sa Naka seule ? Je m'habillai à la
hâte et d'un pas mal assuré je descendis...
J'entrai dans la chambre où je couchais
depuis que j'étais odalisque, en me disant : Pourquoi ne m'y a-t-on pas couchée ?
Sur le seuil je m'arrêtai interdite : le mo-
bilier, les tentures jaunes, avaient dis-

paru, et elles avaient été remplacées
par d'autres en satin bleu-ciel et blanc;
partout de l'or, des franges, des perles;
sur un somptueux divan était mollement
étendue une jeune femme : ses vêtements
étaient riches et superbes. Qui est-elle?
que fait-elle là? me disais-je, car, l'esprit
troublé par la fièvre, le souvenir ne me
revenait pas. Je fis un pas vers elle; mais
en me voyant elle fit un geste d'effroi;
elle frappa dans dans ses mains, les esclaves accoururent. Elle leur dit : « Faites
« sortir cette femme et interdisez-lui l'en-
« trée de mon appartement : sa vilaine
« face noire m'est insupportable à voir.»

« Les esclaves s'inclinèrent devant elle,
et me dirent, en voulant m'entraîner : « Al-
« lons, moricaude, sors d'ici; tes beaux
« jours sont passés, résigne-toi.» Tout cela

me fit l'effet d'un cauchemar; une fai-
blesse me prit, on m'emporta, on me re-
coucha dans mon lit, puis on me laissa
seule; ma garde-malade même me quitta.
Quand je repris connaissance, le souvenir de cette femme étendue sur ce
divan bleu, dans une chambre qui était
la mienne, me poursuivait. Je redescen-
dis, elle était toujours là; mais lui, mon
maître, celui que j'aimais de toutes les
forces de mon être, était là aussi; il cares-
sait ses cheveux, lui murmurait les mêmes phrases d'amour qui, huit jours
avant, inondaient mon âme de joie. A elle
il disait : « Haïssa, tu es belle! je t'aime! »
Et pourtant, moi j'étais plus noire que
l'aile du corbeau, elle plus blanche que
la fleur du bengalier. Ah! les hommes,
vois-tu, maîtresse, ils ont le cœur plus

inconstant que la brise qui prodigue ses baisers à la pivoine, puis au lys, ensuite à l'œillet et puis à la rose : les fleurs, elles, au moins en prennent leur parti ; elles n'en meurent pas, elles se consolent avec les papillons. Hélas ! moi je souffris cruellement quand je sentis toute l'étendue de mon malheur. Comprends-tu, à deux pas de moi, sous mes yeux, voir une femme aimée par le maître, et moi, pauvre favorite de la veille, je n'obtenais pas même un regard de pitié, alors qu'il avait pour elle mille soins, mille mots brûlants !

« Un vertige de fièvre insensée me prit ; je me jetai sur cette femme, qui me faisait l'effet d'un affreux démon me déchirant le cœur avec ses griffes roses ; je lui arrachai les cheveux, je la mordis : j'étais folle !

2.

« Lui, me saisit à bras le corps, prit
une canne et m'en battit ! Battue par celui qui huit jours avant me prodiguait
sa tendresse ! devant elle et pour elle ! Ah!
vois-tu, c'est terrible ce que j'ai souffert ! Viennent la mort, les maladies les
plus affreuses, elles me trouveront ferme
et courageuse, car j'ai épuisé la coupe
de la souffrance. »

Naka resta affaissée, morne et abat-
tue ; ce cruel souvenir faisait couler encore ses larmes.

Lucile la contemplait avec un triste
regard. Pauvre femme, pensait-elle, elle
a dû bien souffrir. Est-ce possible que
l'homme brise et bafoue ainsi son idole de
la veille?

Après un moment de silence, la vieille
négresse secoua la tête, passa sa main

sur son front comme pour en chasser de trop tristes souvenirs, et elle continua :

« Après m'avoir meurtrie de coups, quand il me vit prête à rendre l'âme, il appela son intendant, et lui dit : « Va « vendre cette esclave, donne-la pour « le prix qu'on voudra t'en donner, pour « rien même. »

« Le croirais-tu? Cet homme venait de me battre; il avait, devant moi, témoigné son amour à ma rivale, qui avait assisté calme et souriante aux mauvais traitements qu'il venait de m'infliger : eh bien ! je l'aimais encore ! C'est lâche, n'est-ce pas? Que veux-tu, maîtresse, ses doux yeux avaient si bien répandu leur poison dans mon cœur, que rien ne pouvait le guérir. L'idée de le quitter pour toujours, l'idée que je ne le reverrais jamais, me

bouleversa; je retrouvai de la force, et,
meurtrie, brisée, je me traînai à ses pieds
en lui disant :

« Pardonne à Naka, seigneur, son
« amour seul l'a rendue folle; ne la chasse
« pas, elle sera ton esclave humble et sou-
« mise, elle te servira à genoux; te voir de
« temps en temps, c'est tout ce qu'elle
« demande; oh! laisse-lui ce dernier
« bonheur. Loin de toi elle mour-
« rait. »

« J'embrassais ses pieds, je versais
d'abondantes larmes, il ne daigna pas
même jeter un regard sur moi, et, détour-
nant la tête, il dit à son intendant : « Em-
« menez cette femme tout de suite. »

« Alors, sais-tu ce que je fis, maîtresse?
car je ne voulais pas m'éloigner de lui...
Je me traînai aux genoux de ma rivale, en

lui disant : « Toi tu es femme, tu es belle,
« pardonne-moi ; laisse-moi rester ici, je
« serai ton esclave ; nulle plus que moi
« ne te servira avec zèle. Si tu accordes
« cette grâce à Naka, elle te sera dévouée
« corps et âme ». Elle me jeta un regard
de froid dédain, en disant : « Que l'on
« m'enlève au plus vite cette affreuse mo-
« ricaude de devant les yeux. »

« Je me relevai alors et lui dis avec un
fier regard : « Ah tu n'as pas de cœur, tu
« n'as aucune pitié de la pauvre délaissée ;
« je pars, mais souviens-toi, fière Haïssa,
« qu'un jour aussi, toi tu auras une rivale,
« et, pour lui complaire, comme aujour-
« d'hui on me chasse, on te chassera aussi.
« Tu te souviendras de la pauvre Naka. »

« Je sortis d'un pas ferme ; mais, dès
que j'eus marché, mes forces m'aban-

donnèrent; on fut obligé de me faire
porter chez le marchand d'esclaves; vu
ma maladie, il me paya cinquante piastres seulement.

« Cet homme était bon et compatis-
sant : il me soigna, me consola de son
mieux; six mois après il me vendait six
cents piastres à une famille française qui
arrivait ici, je suis restée vingt ans chez
eux. Ils sont tous morts à présent. Le
hasard m'a fait entrer à ton service,
j'espère finir mes jours avec toi.

— Oui, Naka, tu resteras toujours
avec moi; tu as bien souffert, moi
je souffre, c'est une sympathie entre
nous.

— Mais tu es jeune et belle, maîtresse;
je ne veux pas que tu sois malheureuse.
Je connais les hommes à présent, je sau-

rai bien forcer ton mari à te revenir et à t'être fidèle.

« Pour commencer, va sécher tes larmes, mettre une coquette toilette, et n'oublie pas ceci : sois froide et indifférente avec ton mari, ne lui fais aucun reproche et tâche d'avoir l'air gaie. Bientôt je saurai si tu as une rivale.

—Ah! ne me le dis-pas, j'en mourrais, murmura Lucile : le doute est, je crois, encore préférable à une cruelle certitude. »

CHAPITRE II.

CE QUI CAUSAIT LA FROIDEUR DE RAOUL POUR SA FEMME.

Raoul était un beau garçon, grand, mince, les cheveux châtains, l'œil noir et intelligent. Nature ardente, imagination romanesque, il avait aimé sa femme avec ardeur, peut-être l'aimait-il encore, peut-être n'avait-elle qu'un tort à ses yeux, celui d'être sa femme !

Il l'avait vue un soir dans un bal, belle
de sa beauté et de ses seize ans, belle
d'une grâce naïve et attractive. Il l'avait
aimée à première vue, du moins elle lui
avait plu. Il se mit donc à lui faire la
cour, cette cour qu'un homme du monde
fait à une jeune fille du monde, qui con-
siste à l'inviter souvent au bal, à presser
tendrement sa main, à lui lancer un doux
regard.

Un jour un de ses amis lui dit :

« Tu es amoureux de mademoiselle
Lucile Dorbeuil. Je t'avertis que tu ne
pourras pas l'épouser; je connais son
père, il m'a dit mille fois que sa fille
n'épouserait jamais qu'un jeune homme
capable de prendre la suite de son étude.
Or, tu es secrétaire d'ambassade, peu
disposé, je suppose, à abandonner cette

carrière pour celle d'avoué; tu seras re-
fusé par le père. »

Dès ce jour Raoul aima réellement
Lucile : une difficulté se dressait entre
elle et lui, cela suffisait pour doubler son
amour.

En effet, pour l'épouser, il eut à subir
bien des luttes, M. Dorbeuil ne pouvait se
décider à donner sa fille à un homme qui
d'abord ne serait pas son successeur, et
qui un jour peut être emmènerait Lucile,
sa fille unique, à l'étranger. Mais, si
Raoul aimait, il était aimé aussi.

Oui, Lucile aimait comme l'on aime à
cet âge, avec son cœur, son âme, avec
une naïve croyance à l'éternité de l'a-
mour. Raoul était le premier homme qui
lui eût parlé d'amour, le premier dont le
regard se fût fixé sur elle avec passion et

admiration. Elle l'aimait avec la force de ce premier amour qui, chez les natures d'élite, est le premier et le dernier.

Aussi, lorsque son père lui dit que jamais elle n'épouserait Raoul, elle fondit en larmes...

« Bah ! se dit le père, à cet âge, l'on n'aime pas très – sérieusement ; elle oubliera vite. »

Mais au bout de deux mois, lorsqu'il vit que sa fille, qu'il chérissait tendrement, était triste, alanguie, que sa santé s'altérait, la peur le prit. Il se dit : Si elle allait mourir, car à cet âge on meurt d'amour !... Frissonnant d'épouvante à cette idée, il alla chez ce jeune homme à qui il avait fait un refus formel, et lui dit :

« Ma fille vous aime ; elle en mourrait. Je vous offre sa main. »

Ils se marièrent, ils furent heureux, bien heureux, car on ne savoure que plus avidement le bonheur que l'on a vu prêt à vous fuir.

La première année se passa pour eux dans l'ivresse d'un amour jeune, ardent. Raoul était le plus tendre non pas des maris, mais des amants; il était trop amoureux pour être mari...

Lucile était heureuse entre toutes les femmes heureuses.

Un jour son mari reçut la nouvelle de son avancement; mais, hélas! on l'envoyait à l'étranger, à Constantinople. Pour suivre son mari, il lui fallait donc quitter son père, sa famille, ses amies; ce fut pour elle un grand chagrin, et ce n'était, hélas! que le prélude d'un plus fort encore. Arrivé à Stamboul, Raoul de-

meura interdit d'étonnement, d'admiration, devant toutes ces gracieuses visions
de femmes voilées, à la taille souple, à la
démarche voluptueuse, avec leurs grands
yeux noirs brillants comme des escar-
boucles...

Son imagination se mit à battre la
campagne, les *Mille et une Nuits* lui revin-
rent à l'esprit. Il se dit : « Qu'elles doivent être belles, ces femmes!... Ce sont
là les vraies femmes créées par Dieu pour
l'amour!... »

Et chaque fois qu'il en rencontrait une,
son regard curieux et ardent essayait de
plonger sous le voile pour découvrir ses
traits. Lucile était sa femme. Elles, elles
étaient pour lui le rêve, l'inconnu!...
Pour elles il négligea Lucile , il devint
froid, indifférent, ne s'apercevant pas

même du chagrin qu'elle en éprouvait :
sa tête était si remplie de l'image enchanteresse de ces mille houris, il faisait des rêves si insensés... Il allait à
toutes les promenades où ces dames vont.
Un jour une voiture toute dorée, avec
des rideaux en satin rouge, attelée de
deux superbes chevaux anglais, entourée
d'eunuques à cheval, passa à côté de sa
voiture. Dedans était une jeune femme à
demi couchée : ses yeux noirs avaient
un éclat magique ; à travers son voile on
devinait une peau blanche , des traits
charmants;|tout en sa pose, sa taille, res-
pirait une voluptueuse indolence. Elle
jeta un regard provocateur sur Raoul...
il fut ébloui, il donna l'ordre à son co-
cher de suivre cette voiture; ils étaient
aux Eaux-Douces. Arrivée près de la pe

tite rivière au lit de blancs cailloux, aux frais ombrages, la voiture de la dame s'arrêta. Elle descendit nonchalamment ; deux jeunes filles, ses esclaves, étendirent au bord de l'eau, à l'ombre d'un arbre, un superbe tapis ; la maîtresse vint s'y pelotonner avec une grâce coquette. Raoul avait aussi arrêté sa voiture, et mit pied à terre. Debout, à quelque distance, il dévorait d'un regard ardent cette belle Orientale.

Elle, elle se sentait regardée, elle devinait ce qui se passait dans l'âme de ce jeune Français, avec cette intuition du du cœur qu'ont toutes les vraies femmes, et les filles de la Turquie au chaud soleil, au ciel bleu, sont très-femmes, et plus coquettes que les plus coquettes des Parisiennes.

Celle-là rejeta son ferrigié, sous pré-
texte qu'il faisait chaud, mais en vérité
pour laisser apercevoir ses blanches
épaules à Raoul.

Une esclave s'agenouilla devant elle et
lui offrit une cigarette, une autre jeta sur
ses genoux une serviette brodée d'or et
lui présenta un plateau sur lequel étaient
de la confiture, de l'eau et du sirop.

Une troupe de musiciens passa. Raoul,
déjà au courant des usages galants du
pays, leur fit signe de s'arrêter et de
jouer.

Quel tableau charmant! Un ruisseau à
l'eau claire et limpide, qui fuit avec un
murmure amoureux; des arbres dont le
feuillage forme un ombrage mystérieux;
une femme richement vêtue, couverte
d'or, de perles et de brillants qui étin-

cellent, gracieusement pelotonnée sur un tapis aux brillantes couleurs... deux esclaves la servant à genoux, des eunuques l'entourant pour la défendre et la protéger!... mille fleurs embaumant l'air de leurs parfums et animant le paysage de leurs riantes couleurs!... une musique qui tantôt éclate en notes joyeuses et bruyantes, tantôt par des sons tendres et doux chante un duo d'amour !...

Le prestige est un grand auxiliaire de l'amour; souvent à lui seul il le fait naître.

Peu d'hommes, en voyant cette femme à travers le prisme de ce luxe de l'art, de la richesse et de la nature, auraient pu échapper au danger de laisser leur cœur, ou tout au moins leur tête, s'enflammer.

Raoul, dans les dispositions d'esprit

3.

où il se trouvait, devait y perdre le cœur
et le repos. C'est ce qui arriva.

Après un quart d'heure de muette con-
templation, il voulut se rapprocher de
cette divine houri : ainsi la nommait-il
tout bas.

Mais un eunuque, levant son sabre,
lui dit brusquement :

« Arrête, n'avance pas près de ma
maîtresse, ou je te casse la tête ! »

Il releva les épaules avec un mouvement de parfaite insouciance et continua
de s'approcher.

« Pas un pas de plus, ou, comme je te
l'ai dit, je te brise la tête, » s'écria l'eunuque furieux.

Raoul allait avancer quand même, mais
la dame, tout en lui lançant un doux regard, lui fit signe de s'éloigner.

« Si je n'avance pas, dit-il alors à l'eunuque, crois bien que ce ne sont pas les menaces d'un vil esclave que je brave et que je méprise qui m'en empêchent. Non, c'est la peur de déplaire à madame. » Et il s'inclina respectueusement devant elle et retourna à sa place première.

Un instant après la dame se leva pour remonter en voiture ; elle trouva le moyen de venir passer assez près de notre amoureux, tout en ayant l'air de ne pas le voir ; elle porta son mouchoir à ses lèvres, puis le laissa tomber. Ses gardiens ne s'aperçurent de rien. Le galop de ses deux chevaux l'emporta. Raoul ramassa prestement le mouchoir, le porta à ses lèvres mille et mille fois, puis le serra précieusement... Il essaya de rejoindre la voiture de celle qui emportait son cœur, mais il ne put y parvenir. Il rentra chez lui, la tête perdue dans une folle ivresse. Le lendemain...c'était bien long, pensait-il, et puis, la reverrait-il? serait-elle encore à la promenade? A table, il mangea à peine; il répondit par monosyllabes, d'un air assez maussade, à sa femme; il lui servait de la moutarde lorsqu'elle lui demandait du vin, du sel lorsqu'elle demandait du pain.

Le repas achevé, il prit son chapeau pour sortir.

« Quoi! tu sors sans moi? lui dit Lucile avec un soupir.

— Oui, j'ai affaire, répondit-il brusquement », et il s'éloigna sans même remarquer que sa femme avait les yeux pleins de larmes.

Ah! les hommes, ils sont impitoya-

bles pour la femme qu'ils n'aiment plus.
Sans un regret, sans un soupir, ils brisent le jour l'idole de la veille.

Il alla se promener au bord du Bosphore, et fit mille rêves insensés. Il se croyait aux genoux de sa houri, lui répétant de tendres phrases d'amour.

Lucile, seule chez elle, pleurait!!!

Le lendemain, une heure avant l'heure où l'on a l'habitude de se promener à Constantinople, il était déjà aux Eaux-Douces. Il était agité, fiévreux : l'attente est bien le pire tourment que le diable ait inventé. Compter les jours, les heures, les minutes, se dire : « Viendra-t-elle? ne viendra-t-elle pas ? » Quel tourment! Sentir son cœur battre d'espoir un instant, puis se sentir pris par la désespérance !

Enfin, ô joie! ô bonheur! sa voiture apparut à ses yeux ravis. Elle était là, plus belle, plus séduisante que la veille; elle lui fit en passant un petit signe d'amitié. Il la suivit encore. Comme la veille elle s'arrêta, descendit; elle se promena un instant, puis vint encore s'asseoir, et le même manége de coquetterie recommença, et Raoul rentra encore chez lui enivré de bonheur et d'espérance.

Son rêve, aimer, être aimé d'une sultane (pour les Européens toutes les dames turques sont sultanes), allait enfin se réaliser; il ne doutait pas un instant que celle qui répondait si bien à ses brûlants regards n'éprouvât pour lui le même amour dont lui sentait son cœur envahi.

Pendant quinze jours, toutes les après-

midi ils se virent : tantôt elle lui jetait
une rose qui, cachée dans sa veste, était
tout imprégnée d'un double parfum; tantôt, du bout de ses doigts roses, elle lui
envoyait un baiser.

Un jour, celui où Lucile faisait la con-
fidence à Naka, la vieille négresse, du
chagrin que lui causait la froideur de ce
jeune mari qu'elle aimait, elle, comme
aux premiers jours de leur union., cet
époux volage suivait encore la voiture
de sa divine houri. Un instant il lança
son cheval tout près de sa voiture : les
gardiens de la belle étaient un peu en
avant, elle prit son mouchoir, tissu fin
et soyeux de fil d'ananas brodé d'or,
elle le porta à ses lèvres et puis le lança
adroitement à son amoureux, qui, au
comble du bonheur, le couvrit de bai-

sers, puis le mit sur son cœur comme
une précieuse relique.

En rentrant, ses yeux brillaient d'espérance. Lucile, suivant les conseils de
Naka, avait fait une coquette toilette.
Elle le reçut le sourire aux lèvres, con-
trairement à son habitude. Tout en étant
joyeuse, elle fut indifférente pour lui.
Dès le dîner fini, elle fit atteler et sortit
sans rien lui dire.

Raoul, qui jusqu'alors avait considéré
les larmes, et la tristesse de sa femme
comme une chose parfaitement insupportable; qui se disait : « Au lieu de rester
là chez elle, triste et seule, elle pourrait
bien sortir se distraire : de cette façon
elle ne serait pas pour moi un reproche
vivan;t » eh bien ! voyez le mauvais caractère des hommes, comme il est diffi-

cile de les contenter, ce soir-là la gaieté de sa femme, sa sortie, le contrarièrent. Il appela Naka.

« Où a été ta maîtresse? lui demanda-t-il.

— Mais, seigneur, je l'ignore; se promener sans doute; voilà deux mois que tu ne sors jamais avec elle. Il faut bien qu'elle sorte seule, car enfin, si elle ne prenait pas l'air, elle deviendrait malade. »

Il n'avait rien à répondre à cela. Il entra d'assez mauvaise humeur dans sa chambre; il alluma un londrès, s'accouda sur son balcon et se mit à rêver. Bientôt sa femme fut loin de sa pensée. « Cher petit mouchoir! pensait-il, tu me dis que je suis aimé, aimé d'une de ces femmes qu'alors que je n'avais que vingt ans et

que je lisais ces pages admirables que
Victor Hugo, Lamartine, ont écrites sur
l'Orient, ma jeune imagination entre-
voyait au milieu d'un nuage d'or. Elles
sont encore plus belles que je ne les avais
rêvées; et puis ce voilé, ce mystère qui
les entoure, les dangers qu'il faut courir
pour les approcher ! Tout cela est poétique, charmant.

« En France, rien n'est prosaïque comme
l'amour. Vous faites la cour à une femme
qui montre à tout le monde les grâces de
son visage, qui, au bal, à cinq cents
personnes montre ses épaules nues ; à qui
tout le monde peut faire la cour.

« Vous lui dites : « Madame, je vous
« aime ! » Elle fait semblant de rougir, de
se fâcher. Vous persistez, et, lorsqu'elle
juge le temps nécessaire écoulé pour sa

défaite, elle vous dit en minaudant :
« Moi aussi je vous aime. »

« Vous devenez son amant. Est-ce assez
prosaïque ! A cette liaison pas le moindre danger, pas le plus petit mystère : les
maris français sont si bons enfants !

« A peine si de temps en temps on court
risque d'attraper un tout petit coup d'é-
pée pour rire, une égratignure, quoi !

« Mais ici... ces eunuques, farouches
cerbères qui ne les quittent pas un instant!
ces harems aux fenêtres grillées ! et ces
pachas qui ne plaisantent pas, eux !...
Braver la mort pour passer une heure aux
pieds de celle que l'on aime, combien
cela doit doubler le charme d'un rendez-
vous ! »

On le voit, notre jeune Français était
romanesque ; il avait l'imagination exal-

tée et ardente. Ce n'était pas la femme qu'il aimait, c'était le prestige, les difficultés qui l'entouraient.

Il s'endormit : son sommeil lui donna des rêves heureux ; il se vit pacha, dans un harem, entouré de belles odalisques, toutes plus séduisantes les unes que les autres. Les unes dansaient devant lui ; les autres, assises à ses pieds, lui lançaient de doux regards et semblaient lui dire : « Maître, nous t'aimons ! »

La belle houri était là aussi, assise près de lui, ce qui, par parenthèse, ne l'empêchait nullement de jeter un regard de convoitise sur les autres.

Sa femme seule n'était point dans son harem féerique.

Raoul, décidément, aimait cette fée enchanteresse, dont il ne connaissait pas même les traits, mais que son imagination se représentait d'une perfection idéale.

Il aimait d'un amour de tête, il est vrai, amour qu'un simple regard, un sourire allume, et qu'un souffle éteint; amour qui, pour n'être pas très-durable, n'en est pas moins fort dangereux, car c'est lui qui fait faire le plus de folies.

DÉNOUMENT.

La nuit est claire et sereine, la lune caresse la terre de ses rayons argentés, mille parfums remplissent l'air de leurs enivrantes senteurs, le Bosphore est calme et silencieux.

Il est minuit; un caïque glisse, effleurant l'eau de ses quatre rames; les deux caïkjiés sont enveloppés dans de grands burnous. Un jeune homme se tient assis à la poupe; aucun mot n'est échangé entre ces trois hommes, l'on n'entend que les battements précipités du cœur de notre amoureux.

C'en est un en effet! et c'est Raoul, Raoul ivre de joie, ivre d'amour et d'espérance.

La veille, à la promenade, un petit bouquet est venu tomber à ses pieds, bouquet lancé par la main mignonne et blanche de la belle Fatméa, qui avait bravé, pour le lui lancer, la surveillance de ses argus; au nez de ses eunuques, qui n'y ont rien vu, elle a jeté ce poulet amoureux à Raoul. Celui-ci, en sentant le grincement du papier soyeux caché dans les fleurs, eut un pressentiment de bonheur. Vite il avait pressé le pas, cherché un endroit solitaire; car celui qui est vraiment amoureux a une

sorte de pudeur : il ne saurait lire en
public une lettre d'amour ; il lui semble-
rait qu'il commet une profanation, que
chacun pourra lire sur son visage le con-
tenu de cette missive ; il sent le désir, le
besoin, de savourer sa lecture dans le
calme de la solitude.

Pourtant un nuage vient assombrir son
front ; il se dit, avec un soupir de regret :
« Hélas ! comment ferai–je ? elle doit être
écrite en turc, et ces maudits caractères
en zigzag sont pour moi plus indéchiffra-
bles que les hiéroglyphes des anciens... »
L'idée lui vient bien qu'un de ces écrivains publics dont Constantinople four-
mille pourrait lui venir en aide, mais la
pensée de laisser toucher, de laisser lire
ce petit poulet par un autre, lui est insupportable ; avoir besoin d'un interprète

pour se dire : Je t'aime ! ou pour lire cette phrase qui inonde l'âme de joie, manque de charme.

« Mon Dieu ! mon Dieu ! se dit-il avec désespoir, pourquoi n'ai-je pas appris le turc dès mon enfance ?... Mon cœur, pourquoi n'as-tu pas eu ce pressentiment ?.. » Il est vrai que, depuis deux mois qu'il brûlait d'amour pour cette belle Orientale aux longs yeux noirs, il passait son temps à lire un dictionnaire franco-turc ; mais à quelques mots et au verbe *séverler* (aimer) s'arrêtait à peu près sa science.

Enfin il arrive sous un massif d'arbres ; se voyant seul, bien seul, il baise mille fois ces petites fleurs, messagères charmantes ; mille fois le petit billet, et il l'ouvre d'une main tremblante.

4

Mais, ô bonheur! ô surprise! (que l'on dise après qu'il n'y a pas un Dieu pour les amoureux!) il était en français, et, ma foi, assez lisiblement écrit, sur du papier vert tendre, entouré d'une fine ciselure entrelacée de colombes et de roses... ce papier dont se servaient, il y a quelque dix ans, nos garçons perruquiers et nos cuisinières pour écrire leurs messages amoureux. Raoul, en amant bien épris, trouva cela charmant et d'un goût exquis.

Voici ce que contenait le billet :

« Belle fleur de ma vie! bien-aimé de cœur! tes doux regards, tes soupirs amoureux, ont su trouver le chemin de mon cœur, ils l'ont brûlé; je t'aime, et j'éprouve le désir de te le dire; demain, à minuit, trouve-toi dans un caïque dis-

cret, sur le Bosphore, devant la porte
du petit pavillon gauche de mon yalli...
ta Fatméa sera là, elle t'ouvrira, et,
cachés tous deux dans l'ombre et le
mystère, nous passerons une heure en
tête à tête ! »

Peindre la joie, le ravissement, l'i-
vresse de Raoul, serait une tâche difficile... Il y a de ces choses que la plume est
inhabile à décrire. Il était fou. Il ne se
dit pas même : « Pour une femme gardée
par des eunuques, elle est assez libre ; »
il ne se dit pas même : « Pour un premier
billet, celui-là est assez expressif, et il
paraît que ces dames ne craignent pas
d'intervertir un peu les rôles. »

Il rentra chez lui le front haut, le regard
fier ; il courut s'enfermer dans sa chambre ; il avait besoin de calme, il voulait

rêver en silence à son bonheur, il se
sentait pris de vertige.

A l'heure du dîner, on eut besoin de le
faire appeler... Un amoureux ne songe
pas à manger. Fi donc ! Il fut préoccupé,
distrait, et ne s'aperçut seulement pas
que sa femme n'avait plus son air triste
et languissant; un petit sourire moqueur
plissait même ses lèvres; elle jetait des regards ironiques à son mari, regards qui
l'auraient fait trembler s'il les avait aper-
çus; mais un amoureux a bien autre chose
à faire vraiment qu'à considérer sa femme,
alors qu'il ne songe qu'à lui faire une infi-
délité. Pourtant ce sourire et ce regard
n'étaient pas rassurants du tout.

Ils voulaient dire :

« Ah! monsieur mon mari, je suis jeune,
jolie, vous ne vous en apercevez plus;

vous me délaissez, vous adorez une autre femme : eh bien! moi je vais me venger. »

En effet Lucile méditait une belle vengeance; elle la savourait. Cette pensée avait chassé loin d'elle la tristesse; on remarquait même un petit éclair de triomphe dans ses yeux.

Maris, maris, que vous êtes imprudents! Pourquoi vous plaignez-vous lorsqu'il vous en mésarrive? Comment voulez-vous qu'une femme puisse avoir la force de résister au plaisir de se venger? c'est si bon la vengeance! Toutes les femmes trompées se vengent, seulement à leur manière, d'après l'élévation de leurs sentiments, de leur cœur. Il y a tant de façons de se venger d'un infidèle! Il y a même des vengeances très-permises.

4.

Mais celle que méditait Lucile?... Ah!
dame, n'en disons rien. Du reste, il
l'avait bien méritée, ce Raoul : épouser une
femme par amour, femme jolie, douce,
aimante, et aller la délaisser pour une
autre dont il n'a vu que les longs yeux
à travers les fentes de son voile, dont il
ne connaît que la tournure et la coquetterie, c'est absurde, n'est-ce pas ?

Et Lucile a raison d'être furieuse et de
songer à la vengeance.

Le caïque de notre mari infidèle ralen-
tit encore le bruit de ses rames. Il rase la
rive, le voilà devant le yalli de la belle
Fatméa, le voilà arrivé devant le pavillon
indiqué. La dernière marche de l'escalier
conduisant à la porte va jusqu'à l'eau,
qui l'effleure : il n'aura donc qu'à faire
un pas pour y arriver.

Il est là ; les caïkjiés ont déposé leurs
rames, ils se sont couchés au fond du
bateau. Lui, il reste l'œil fixé sur la
petite porte, qu'il compare dans son imagination exaltée à la porte du paradis
(de Mahomet). Son cœur bat très-fort,
d'impatience... et aussi de crainte. Il se
dit : « Les maris turcs n'ont pas la réputation d'être aussi commodes que les
nôtres. S'il allait me surprendre faisant
le guet à sa porte ! Mais le Bosphore
appartient à tout le monde... et puis une
intrigue sans péril n'a pas autant de
charmes. »

Au clair de la lune il regarde sa montre, elle marque minuit. Il est exact.
Mais elle, si elle allait ne pas venir ! si
elle ne pouvait parvenir à tromper la
surveillance de tout ce monde d'espions

qui l'entoure. A cette idée son cœur se
serre. Rien n'est cruel, intolérable,
comme de voir s'évanouir une espérance
de bonheur, et l'attente est bien la pire
chose du monde; les secondes paraissent
de longues heures pour l'amoureux qui
attend et qui craint.

Les vingt minutes d'attente qu'eut à
subir notre héros nocturne lui parurent
si longues, qu'il se disait : « Elle ne
vient pas, et bientôt l'aube indiscrète,
en venant caresser de ses rayons la terre,
rendra notre rendez-vous impossible. »
Il regarda encore sa montre; elle mar-
quait minuit vingt. « Comment! il n'y a
que vingt minutes que j'attends? » se dit-
il en souriant.

Mais un léger grincement se fait entendre, la porte s'ouvre discrètement,

une ombre, une femme recouverte d'un féridjié blanc et voilée, lui fait signe d'avancer. D'un bond il a franchi l'escalier et se trouve près d'elle. Elle lui tend une main mignonne, douce et parfumée, l'attire en dedans avec elle et referme la porte.

Figurez-vous un salon tout petit, ce qu'en France l'on nomme un boudoir, tapissé d'un épais et moelleux tapis sillonné de coussins, le tout éclairé par les faibles rayons de la lune, qui n'arrivent que tamisés par les tentures en soie des fenêtres, juste assez de jour pour voir la gracieuse silhouette d'une femme qui, rejetant son féridjié et son voile, reste avec un pantalon en soie légère, une veste qui laisse sa gorge et ses bras à

nu, de longs cheveux qui répandent un
parfum pénétrant, une main qui serre
la vôtre et vous fait asseoir doucement
sur un coussin à côté de celui où cette
femme s'accroupit, comme une petite
chatte se pelotonne sur le plus beau
coussin du salon de sa maîtresse.

Figurez-vous une femme qui est pour
vous un rêve, un idéal, une houri, qui
est l'inconnu, dont vous ne connaissez
rien sinon les yeux, qui vous ont fait
perdre la tête et pris le cœur; une femme
dont vous n'avez jamais vu le visage à
découvert, mais que votre imagination
vous peint belle entre toutes; dont vous
ne pouvez voir les traits au milieu de
cette presque obscurité, mais que vous
sentez là près de vous, dont le parfum

vous monte au cerveau ; une femme qui
vous a appelé, qui vous a dit : « Je vous
aime, venez. »

Figurez-vous tout cela, et facilé-
ment vous devinez les frais et charmants
duos d'amour que murmurent nos amoureux.

Pauvre, pauvre Lucile !

Croyez ensuite à la fidélité des maris !

Il y avait une heure que nos amoureux
étaient dans leur petit boudoir.

« Que je t'aime, ma Fatméa ! disait
Raoul en couvrant sa main de baisers.

— Bien vrai, tu m'aimes ?

— Peux-tu en douter, céleste houri ?

— Oui, j'en doute ; tiens, ce que je vais
te dire va te paraître drôle, avec l'idée
que vous avez de nous, filles de l'Orient,
vous autres Européens. Mais je suis

jalouse. » Fatméa dit cela avec une intonation tendre et câline.

« Jalouse, toi ! et de qui ? » Notre mari s'en doutait bien.

« Mais de ta femme ! car l'on m'a dit que tu avais une femme jeune et jolie.

— Diable, diable, cela se gâte, » se dit notre amoureux à part. Puis il reprit d'un ton léger : « Jalouse de ma femme ? quelle folie !

— Pourquoi est-ce une folie ?... Tu dois l'aimer, puisqu'elle est ta femme...

— Belle raison. C'est précisément parce qu'elle est ma femme que je ne l'aime pas.

— Est-ce bien sûr que tu ne l'aimes pas ? balbutia Fatméa d'une voix basse et tremblante.

— Mais non, je ne l'aime pas, puisque

je t'aime, et que vraiment nous, Français, nous ne savons pas aimer deux femmes à la fois.

— Elle est jolie, pourtant, dit-on, ta femme.

— Ah bah! je n'en sais plus rien.

— Comment?

— Mais je la regarde si peu depuis ce jour où, pour la première fois, je t'ai aperçue, belle et séduisante enchanteresse.

— Allons, là, ta parole, tu m'aimes?

— Mais oui, de tout mon cœur, de toute mon âme. »

Ceci fut répondu avec feu et tendresse.

« Et tu n'aimes plus du tout ta femme?

— Mais non, mille fois non! »

Fatméa se tut un instant, puis elle dit d'une voix gaie et assurée :

« Eh bien, alors je puis t'apprendre la vérité...

— Qu'as-tu à m'apprendre ?

— Beaucoup de choses... Ecoute, mais avec calme et patience. Tu as dû trouver que j'étais bien inconsidérée de répondre à tes œillades, de te donner un rendez-vous, enfin de tromper le pacha, pour toi que je connais à peine ?...

— Mais... voulut dire Raoul.

— Chut, chut ! ne m'interromps pas ! Je me suis conduite ainsi d'abord parce que tu m'as plu, ensuite parce que j'éprouvais le désir de me venger.

— Te venger ? fit notre Français étonné.

— Oui, me venger : car je n'aurais jamais pensé à tromper mon seigneur et maître, que j'aimais bien tendrement, si lui ne m'eût pas délaissée, s'il n'eût pas enfoncé le dard aigu de la jalousie dans mon cœur. Depuis trois mois mes charmes le laissent indifférent. Je l'ai fait surveiller, et j'ai su qu'il est amoureux d'une autre femme. »

Cet aveu refroidit un peu la belle ardeur de notre amoureux. Il se retrancha derrière la galanterie ; c'est l'arme de ceux chez qui l'amour diminue :

« Comment, belle Fatméa, ton mari peut aimer une autre femme, alors qu'il a le bonheur de te posséder ?

— Hélas ! je suis sa femme, et l'autre est pour lui le fruit défendu, dit-elle avec un mélancolique soupir... Oui, il aime

une autre femme; il lui fait une cour en
règle dès que son mari est sorti pour aller se promener; il va sous ses croisées,
lui envoie des fleurs, lui écrit des billets
doux dans lesquels il lui jure un amour
éternel, et l'assure qu'il a pour moi la
plus profonde indifférence... Lorsqu'il
est avec moi, il est froid, distrait; je
vois bien que, si, de sa personne, il est
près de moi, sa pensée et son cœur
sont bien loin... J'ai cruellement souffert, va... Aimer et n'être plus aimée,
c'est un affreux supplice... Mais comme
tout dans ce monde a un terme, même la
douleur, j'ai fini par me consoler, en jurant de me venger... J'ai dit : « Ah! mon
« époux veut prendre une autre femme...
« Il va enlever et épouser cette Fran-
« çaise qu'il adore... »

— Quoi! c'est une dame française qu'il aime?

— Mais oui... Ne devines-tu pas son nom?

— Mais pas le moins du monde, dit Raoul avec indifférence.

— Eh bien, maintenant que tu m'as juré que tu ne l'aimes plus, je puis te l'apprendre. C'est... c'est ta femme...

— Ma femme!... »

Raoul fit un bond.

« Oh! c'est impossible! tu te joues de moi; ton pacha faire la cour à ma femme!... Non, cela n'est pas. »

Sa voix vibrait sourdement.

Fatméa poursuivit avec calme, sans avoir l'air de remarquer son agitation :

« Mais pourquoi le pacha ne ferait-il pas la cour à ta femme? Tu me la fais

bien, toi. Et pourquoi ta femme, que tu
n'aimes plus, et qui a dû s'en apercevoir,
—une femme s'aperçoit bien vite de cela,
— n'aimerait-elle pas le pacha? Je t'aime
bien, moi. »

Ce raisonnement, pour logique qu'il
fût, ne le paraissait pas du tout à notre
mari... Ils sont incroyables, les hommes!

« Rien n'est plus vrai, mon bien-aimé;
ta femme a captivé le cœur de mon volage
époux; j'en ai été furieuse, j'ai juré de
me venger... Le hasard m'a servie à mer-
veille : tu m'as remarquée à la promenade.
Je savais que tu étais le mari de ma rivale; j'ai répoudu à tes doux regards...
et si hier je me suis décidée à te donner
ce rendez-vous, c'est que je savais, par
un esclave à moi fidèle, que ce soir, à
cette même heure, mon mari serait aux

pieds de ta femme, qui lui avait accordé un rendez-vous.

— Ma femme!... Lucile me tromper!... donner un rendez-vous!... Ah! tu me trompes, tu la calomnies, exclama Raoul avec colère...

—Mais, bien-aimé de mon cœur, d'où viennent ton étonnement et ta colère? Toi, tu es ici à mes pieds; elle peut bien avoir à ses pieds mon pacha infidèle! Pourquoi te mettre en colère?... Tu ne l'aimes plus : viens sur mon cœur, fleur de ma vie; redis-moi encore que tu m'aimes; oublions ces deux volages dans l'ivresse de la vengeance et de l'amour. »

Raoul ne répondit pas... Il cherchait son chapeau et essayait de sortir...

« Comment! que fais-tu? tu veux me laisser et partir?...

— Oui, je pars; et si tu as dit vrai, je tuerai ton pacha, et si Lucile a été parjure à ses serments, elle mourra de ma main aussi...

— Vraiment! ricana Fatméa; et toi, ne les as-tu pas parjurés, tes serments?

— Ce n'est pas une femme, c'est un démon, pensa Raoul; elle me torture à plaisir... »

Et il voulut partir.

« Ecoute, reprit froidement Fatméa : tu ne partiras pas; j'ai enlevé les clefs de la porte... Et puis il est inutile que tu ailles chez toi à cette heure; le pacha l'a enlevée, elle est dans son harem et elle est sa femme; le cadi a dû les unir... »

Raoul se croyait le jouet d'un mauvais rêve...

« Tu dis qu'il a épousé ma femme?...
Allons donc ! le peut-il?

— Mais tu ne connais donc pas nos
lois? La femme, chez nous, perd sa na-
tionalité; elle prend celle du mari; elle
fait semblant de se faire musulmane, et
vos lois n'y peuvent rien. Nous avons
ici beaucoup de hauts personnages qui
ont épousé ainsi des femmes françaises
sans que leurs maris aient pu rien dire.
Vois-tu, prends-en ton parti comme
moi je prends le mien; il t'a enlevé ta
femme, eh bien, enlève-moi; emmène-
moi en France : nous les oublierons...
nous nous aimerons. »

Raoul n'entendait plus, il était atterré.
Elle lui passa son bras amoureusement
autour du cou et voulut l'attirer à elle :
il la repoussa et lui dit durement :

5.

« Ouvre-moi cette porte, je veux partir à l'instant même!... Lucile!... Lucile me quitter... Ah! c'est impossible!

— Puisque tu ne l'aimes plus, hasarda doucement Fatméa...

— Je ne l'aime plus! qui te l'a dit?

— Mais toi, mon bien-aimé.

— Allons donc! j'étais fou; ma tête t'aimait seule, mon cœur était à elle... Ah! Lucile, Lucile! si tu es innocente, que je t'aimerai pour obtenir mon pardon d'un moment de folie! Mais si tu es coupable, je te tuerai avec ton complice... et me tuerai ensuite. »

Il disait cela d'une voix saccadée et tout en cherchant à ouvrir cette maudite porte.

Fatméa se taisait.

Rien n'est vraiment incompréhensible

comme les maris. Il y avait trois mois que celui-là ne ressentait que la plus complète indifférence pour sa femme... Il en adorait une autre... il venait de lui jurer qu'il l'aimait et n'aimait plus du tout sa femme ; et lorsqu'elle lui apprenait que Lucile faisait comme lui, qu'elle en aimait un autre, il entrait en fureur ; il se mettait à aimer sa femme et à dire à sa divinité d'un quart d'heure auparavant qu'il n'avait jamais aimé réellement que Lucile !... Le cœur de l'homme est bizarre, indéchiffrable.

C'est peut-être ce à quoi pensait Fatméa... Mais tout à coup une lueur de torches apparaît dans le jardin où donnait d'un côté le pavillon.....

« Nous sommes perdus ! s'écria-t-elle : c'est mon mari !

—Votre mari! » s'écrie Raoul, effrayé lui aussi.

Mais elle n'entend plus; elle s'est blottie dans un coin; la peur semble l'avoir paralysée. Que faire? que devenir?... Raoul cherche une issue, il essaye de forcer la porte. Mais l'autre porte s'ouvre en même temps avec fracas; la lumière envahit l'appartement, et le pacha, une épée à la main, l'air furieux et pas mal féroce, accompagné de quatre domestiques qui portent des torches, entre dans le sanctuaire de nos amoureux.

Raoul est pétrifié; il croit sentir le froid du sabre sur son cou... Et, ma foi, il tremble, car ce mari-là n'a pas l'air commode du tout. Mille aventures sinistres lui bourdonnent aux oreilles.... Fatméa pourtant se remet, elle se jette devant Raoul, sur la tête duquel le pacha faisait déjà tournoyer son sabre, et elle rejette son voile en arrière.

Le pacha la regarde, s'arrête stupéfait, et puis s'écrie :

« Comment ! c'est vous, Madame ! »

Raoul aussi pousse un cri de surprise, et reste bien plus stupéfait encore.

Car celle qui était là, celle avec qui il venait de passer une heure dans une ivresse d'amour, c'était... c'était Lucile... sa femme !...

Interdit, honteux, heureux peut-être, — le cœur de l'homme est si extraordinaire ! — il est là, ne sachant où se cacher, que devenir.

« Oui, c'est moi, Excellence, dit gaiement la jeune femme ; c'est moi qui, avec la permission de votre femme, ma

bonne, ma charmante amie Fatméa, suis
venue prendre possession de votre pavillon pendant deux heures, pour punir
mon infidèle... » Elle menace gentiment
du doigt son mari, qui bien vite se jette à
ses pieds, en murmurant :

« Non, non, tu ne m'as pas puni, tu
m'as rendu heureux, tu m'as ouvert les
yeux. C'est toi, toi seule que j'aime;
pardonne-moi.

—Oui, je te pardonne, mais à condi-
tion que tu ne recommenceras pas.

— Vous paraissez comprendre, Monsieur, quelque chose à tout ceci, dit
le pacha; mais moi je n'y comprends rien
du tout. Cet imbécille d'Ourchida vient
tantôt me dire que ma femme me trompe,
qu'elle est ici avec un Français; j'ac-
cours pour la tuer, elle et son com-

plice, et c'est vous, Madame, que je trouve à sa place !

— Excellence, lui répond en souriant Lucile, le mot de cet énigme est *mystification* de deux maris et *vengeance* de femme.

« Monsieur que voilà, — elle montre Raoul, — s'avisait de me délaisser : les beaux yeux de votre femme lui avaient tourné la tête. Après m'être bien désolée, j'ai suivi les conseils de ma vieille négresse Nika; je suis venue conter mes chagrins à votre femme, ma rivale.

« Elle m'a dit : « Comment ! c'est ton « mari, cet original de Français qui me « suit partout, qui me regarde d'une si « drôle de façon... Mais je me moque de « lui, je suis bien loin de l'aimer, car « mon cœur appartient tout entier à mon

« mari... » Elle a ajouté : « Tu es bonne,
« charmante ; tu l'aimes, et il te délaisse
« pour moi, dont il ne connaît pas même
« les traits... Eh bien, nous allons lui
« donner une leçon. »

« Dès ce jour, la belle Fatméa est devenue ma meilleure amie ; nous avons
comploté ensemble la petite mystification
de ce soir. J'ai écrit hier, en contrefai-
sant mon écriture, un doux billet à Monsieur, lui donnant rendez-vous ici. Une
autre femme le lui a jeté dans un bouquet
à la promenade. Je suis venue ici le recevoir au lieu et place de Fatméa, qui,
elle, s'est arrangée de façon qu'Ourchida
entendît quelques mots qui lui feraient
croire qu'elle était là en compagnie d'un
Français... Ourchida s'est laissé prendre
au piége... vous aussi... La peur que

vous avez eue, chère Excellence, vous punira d'être trop jaloux, même pour un Turc, tandis que vous avez une femme qui vous aime bien sincèrement, et monsieur mon mari sera, je l'espère, guéri de l'envie de m'être infidèle. »

Raoul, honteux et confus, murmura quelques mots à l'oreille de Lucile.

« Madame, reprend le pacha, voilà deux vengeances de femme qui ont toutes mes sympathies. Pour mon compte, je vous jure que la punition a porté ses fruits ; je suis bien guéri de ma jalousie, puisqu'elle blesse ma chère Fatméa..... Quant à monsieur, — il dit cela en souriant, — je suis certain qu'il aura trouvé la punition fort douce ; mais je crois pouvoir me porter garant que jamais plus l'idée d'être infidèle à une aussi jolie et aussi charmante femme ne lui viendra... Du reste, Madame, si monsieur est encore pris de la fantaisie de faire la cour à ma femme, je vous en supplie, associez-moi à votre seconde vengeance. »

Et il dépose en disant cela un baiser sur la main de Lucile.

Raoul fait la grimace.

« Eh! Monsieur, s'écrie le pacha, vous n'avez pas le droit de vous fâcher... c'est moi qui l'aurais... car enfin...

— Non, certainement, il n'a pas le droit de se fâcher... Voilà ma main et ma parole... S'il pèche encore...

— Pourquoi ce encore? Je n'ai pas péché, puisque...

— Oui, oui, mais l'intention... »

On assure que depuis ce jour-là Raoul
a été un mari modèle, amoureux et fidèle
à sa femme...

Mais je ne le garantis pourtant pas...

Qui sait s'il n'a pas pris sa revanche
de cette mystification?... C'est que peut-
être il craint que le pacha ne soit de
moitié, cette fois-ci, dans la vengeance
de sa femme...

NAOURA

LA CIRCASSIENNE

La beauté est un don fatal, à mon avis.
Je n'ignore pas que j'aurai pour contra-
dicteurs tous les hommes et bien des
femmes aussi. Cependant rien n'est plus
vrai, la beauté est un don fatal... Je soutiens qu'une femme belle est exposée
d'abord à être malheureuse, ensuite à
faire bien des malheureux... ce qui peut
constituer un malheur pour celle qui a le
cœur un peu sensible...

Voyez plutôt le triste lot que la destinée fait à la femme que la nature a dotée
d'une grande beauté... Elle ne peut jamais passer inaperçue; c'est quelquefois
fort gênant...

Dès qu'elle entre dans un salon, tous
les regards se fixent sur elle : les femmes
la regardent d'un œil envieux et jaloux,
les hommes avec des yeux brillants d'une
admiration un peu trop expressive... Cela
doit, ce me semble, intimider excessive-
ment la femme qui en est l'objet...

Ensuite, la femme belle étant un point
de mire, il faut qu'elle ait beaucoup d'esprit, il faut enfin qu'elle puisse soutenir
avantageusement l'attention qu'elle pro-
voque...

Il ne lui est même permis de se
montrer nulle part sans avoir une toi-

lette parfaite en tout point... sans cela, gare les moustiques de salon. « Elle est jolie, dira madame X..., mais comme elle se fagote mal! elle n'a pas le moindre goût, ma chère... — Et, ajoute un autre moustique, si elle a une belle figure, elle a, ma foi, une bien vilaine tournure. » Et encore ceci..., et encore cela..., toutes ces bonnes âmes s'en donnent à cœur joie. Elles sont si heureuses de pouvoir trouver quelque chose à critiquer en elle...

On se montre, dans le monde féminin, plein d'indulgence pour la femme laide ou peu jolie. On dit : « Elle n'est pas jolie, mais elle est si bonne... » Le plus souvent rien n'est moins prouvé que sa bonté.

Ou bien encore : « Elle n'est pas belle, mais elle a un quelque chose qui plaît. »

On serait bien embarrassé de dire ce que c'est que ce quelque chose... et si celles qui le disent voulaient être franches, elles' avoueraient que ce quelque chose qui les charme, *elles*, c'est l'absence de beauté chez cette dame.

Mais voici qui est encore plus grave: la femme belle est bien rarement aimée sincèrement et sérieusement; sa beauté fascine, éblouit les hommes, elle leur monte à la tête comme le fumet de certains vins; ils prennent cette ivresse passagère pour de l'amour... La femme s'y trompe aussi quelquefois; elle croit à un sentiment sincère et durable. Mais, hélas! bientôt elle s'aperçoit que rien ne lasse plus vite les hommes que la beauté; ils s'en rassassient très-facilement, et ils délaissent cette femme d'une beauté idéale pour une autre qui est souvent fort laide... Le désir du changement est tellement inhérent à la nature des hommes, que, pour y satisfaire, ils changent même du beau au laid...

La femme qui possède ce don que je nomme fatal, adulée par tous les hommes qu'elle voit, entendant sans cesse un murmure amoureux à son oreille, lisant un aveu dans chaque regard, finit par ne plus croire à l'amour; elle se dit : « Tous me font les mêmes phrases, les mêmes serments; pourtant tous ne peuvent pas m'aimer réellement!... » Elle ne croit plus à aucun, elle accuse les hommes de jouer la comédie; elle se rit d'eux, devient ce que l'on appelle une coquette... Si, par hasard, parmi toute cette foule d'admirateurs, il s'en trouve

6

un qui l'aime sincèrement, elle ne sait
pas le distinguer, et le dédaigne pour un
autre qui, lui, ne l'aime pas.

Une femme belle ne doit jamais croire
à la sincérité des sentiments d'un homme ;
elle doit se dire ceci : « Ma beauté le grise,
lui monte à la tête... C'est sa tête qui
parle, et non son cœur... S'il ne m'aime
que pour ma beauté, combien m'aimera-
t-il de temps ?... Demain, aujourd'hui
peut-être, un accident, une maladie, la
détruiront... et alors son amour s'é-
teindra... »

Ne pouvoir jamais être sûre que l'on
est aimée sérieusement... n'est-ce pas un
grand malheur... et n'avais-je pas raison de vous dire que la beauté est un
don fatal ?...

Mais ce n'est pas tout, la femme belle

n'a pas même la joie, le bonheur ineffable
de ressentir un de ces amours ardents,
exclusifs, qui inondent l'âme d'un bien-
être immense et donnent plus de bonheur
en une minute que toutes les gloires du
monde ne peuvent en donner en vingt
ans... Elle aime, mais faiblement, d'un de
ces amours décolorés qui ne sont que le
fantôme du vrai : son cœur a été gâté par
les adulations qu'on lui a prodiguées ; elle
s'aime trop elle-même pour aimer bien
les autres...

Elle est malheureuse...

Mais celle qui est la vraie femme heureuse ici-bas, c'est celle qui n'est ni laide
ni jolie ; on ne l'adore pas, mais on
l'aime, ce qui est bien préférable. Tous
les hommes ne se prosternent pas à ses

pieds, né l'entourent pas de leurs adora-
tions, de leurs hommages; mais tôt ou
tard elle en trouve un qui l'aime, qui
l'aime de tout son cœur, de toute son
âme, non pour sa beauté, pour le charme de sa personne, mais par la seule
raison qu'il l'aime...

Notez bien que, si vous aimez, vous,
monsieur, madame une telle pour ses
yeux langoureusement voilés, ou pour
ses cheveux d'un noir d'ébène, vous,
madame, monsieur un tel pour son esprit, sa distinction, vous aimez fort
mal, et votre amour ne durera que jusqu'au jour où vous trouverez, vous,
monsieur, une femme encore plus séduisante, vous, madame, un homme encore plus spirituel... car ce n'était pas

la femme que vous aimiez... c'était sa
beauté!... ce n'était pas l'homme que
vous aimiez, c'était l'esprit...

On aime réellement et sérieusement
lorsque, se demandant : « Pourquoi mon
cœur s'est-il donné à cette personne?... »
on ne sait pas répondre à cette ques-
tion... on sent que l'on aime par l'unique raison que l'on aime...

Voilà le seul véritable amour!...

Mais n'allez pas croire que j'aie voulu
vous faire des dissertations sur la beauté,
entasser paradoxe sur paradoxe vingt
pages durant... Je vous jure que je n'a-
vais pas pris la plume dans l'intention de
disserter sur dame Beauté, devant qui,
du reste, je m'incline très-profondément.
Non, je voulais tout bonnement vous
narrer l'histoire de la belle Naoura, en-

6.

fant de la froide Circassie... La Circassie m'a remis en mémoire que les femmes de ce pays sont les plus belles du monde... Mon imagination, un peu vagabonde, a mis la bride à son cou... Il est si bon d'écrire sans rime ni raison, au gré de sa seule fantaisie!... de faire part à cet ami inconnu, le lecteur, des mille idées qui vous passent par la tête.

Tenez, encore une seule digression, ce sera la dernière; tout de suite après je saisis mon sujet aux cheveux et je n'en désempare plus.

Eh bien, soupçonnez-vous le charme que l'on éprouve à s'étendre bien commodément sur une causeuse, à prendre un petit pupître sur ses genoux, du papier bien blanc, bien satiné, une belle plume avec un manche en ivoire ou en corail, et puis à se laisser aller à écrire ses pensées, ses souvenirs, en se disant :

« Ces pages se transformeront en un petit volume ; ce volume sera acheté peut-être par un homme d'esprit, j'aurai le plaisir de causer avec lui, c'est pour lui que je vais écrire... Peut-être tombera-t-il dans les mains d'un ami à moi dont des centaines de lieues me séparent... Il me lira avec indulgence... Ce passage-ci le fera sourire, celui-là le mettra en colère, car sur ce point nous n'avons pas la même manière de voir...

Oui, écrire est quelquefois chose très-attrayante... mais alors seulement que l'on n'est pas tenu d'écrire sur tel ou tel sujet, alors que l'on peut papillonner du tendre au sévère, du laid au beau, de Paris à Pékin...

Sur ce, suivez-moi, si cela vous amuse, dans une province de la Russie qui s'appelle la Circassie... C'est une des plus pauvres et des plus insoumises provinces de cet empire. Cette contrée, très-montagneuse, a un sol ingrat et peu fertile, et de plus un climat très-rigoureux; elle est habitée par différentes peuplades : les Tcherkesses ou Circassiens, les Abkhases, les Ossètes, etc.

Les Circassiennes sont le type de l'idéal de la beauté : grandes, sveltes, admirables de formes, elles ont une peau que les poëtes pourraient avec vérité comparer à la feuille du camellia rosé; leurs cheveux, d'un blond doré, sont longs, épais et soyeux; leurs yeux, bien fendus, sont d'un bleu foncé; ils sont tour à tour vifs et langoureux, aptes à refléter les éclairs de la folle gaieté aussi bien que les éclairs de la sombre passion... Leurs dents sont petites et nacrées.

Enfin elles sont belles, belles à ravir. Aussi voyez quel était leur triste sort, il y a cinquante ans à peine : leurs parents trafiquaient de leur beauté ; enfants, ils les élevaient, soignaient leurs charmes naissants, ensuite ils allaient à Constantinople les vendre à un riche pacha, et ils s'en retournaient, heureux, dans leur pays, avec le fruit de leurs marchés infâmes. Pauvres filles ! réduites à ne point pouvoir s'abriter sous l'aile de l'amour maternel ; réduites à vivre là-bas esclaves d'un pacha, sans avoir près d'elles un parent, une mère ; réduites à maudire ceux qui leur avaient donné le jour, et qui, pour un peu d'or, se séparaient d'elles sans peine et sans remords.

Si les Circassiennes avaient été des femmes d'une beauté ordinaire, avouons qu'elles n'auraient point été exposées à ce malheur-là.

Les villages de cette province ressemblent un peu aux gourbis arabes : ils se composent de quelques centaines de misérables cabanes à moitié creusées dans la terre, avec des toitures formées de cailloux et de branches d'arbres.

Deux ou trois pauvres pièces, voilà ce qui compose toute la maison. Dans l'une, une grosse pierre qui sert de fourneau est dans un coin près de la cheminée ; dans le fond, des peaux jetées à terre servent de lit à la famille ; dans une autre pièce sont enfermés les outils à cultiver la terre, les fusils de chasse.

Mon héroïne, Naoura, était née dans un des moins riches hameaux de la Circassie. Elle appartenait à la tribu des Tcherkesses. Ses parents, très-pauvres, avaient eu d'abord plusieurs enfants du sexe masculin. Enfin Naoura vint au monde; elle fut reçue avec des transports de joie. Une fille!... c'était peut-être la fortune qui leur arrivait. Tous les enfants, en naissant, se ressemblent un peu : c'est une masse de chair assez informe. Il leur était difficile de juger si Naoura était douée des dons de dame Nature; mais, à mesure que ses traits se développèrent, qu'elle grandit, ils virent, à leur grande satisfaction, qu'elle promettait d'être un jour la plus belle des belles Circassiennes. Son enfance fut soignée, dor-

lotée… pour elle les plus chauds vêtements… c'était une fleur qu'il fallait faire
grandir avec toutes sortes de précautions, car un jour elle pourrait leur rendre de belles piastres qui les mettraient à
même de vivre dans l'aisance pendant leur
vieillesse. La pauvre Naoura, douce et
bonne, était loin de soupçonner une ar-
rière-pensée à ces soins dévoués ; elle
les croyait dictés par l'amour paternel et
maternel, et son cœur reconnaissant
éprouvait la plus grande affection pour
ses bons parents.

A douze ans, Naoura était déjà une
séduisante jeune fille, mignonne, mais
toute gracieuse ; elle captivait le cœur à
première vue. Ses yeux, d'un bleu de
mer en courroux, c'est-à-dire d'une
nuance indécise entre le bleu et le vert,

avaient tantôt un regard fier, assuré,
tantôt un regard d'une ineffable tendresse; ses cheveux étaient si longs, si
épais, qu'ils lui faisaient un manteau
d'or, alors que, coquette et rieuse, elle
s'amusait à les dénouer; sa peau était
d'une blancheur éblouissante. On eût pu
comparer cette blonde enfant à la rose
délicate et si rare qui éclôt dans la froide
Sibérie.

N'est-ce pas une chose curieuse à étudier que ces caprices de la nature! La
Sibérie, ce pays de glace et de neige, où
l'homme peut avec beaucoup de peine
s'acclimater, voit naître et fleurir la plus
belle des roses qui existe dans le monde.

La Circassie, cette terre inculte, mon-
tagneuse, où la misère est le partage des
habitants, donne le jour au plus beau

7

type de femmes que Dieu ait créé !

Le père et la mère de Naoura contem-
plaient avec ravissement l'éclat de son
teint, celui plus brillant encore de son
regard, sa luxueuse chevelure. Ils sup-
putaient tout bas le nombre de piastres
que cela leur rapporterait. Jamais ils ne
la laissaient aller aux champs ; ils crai-
gnaient qu'un travail rude et fatigant
n'altérât sa beauté. Elle restait à la maison, occupée à arranger l'intérieur et à
coudre en vêtements les peaux des bêtes
sauvages que son père tuait dans les
montagnes.

Un jour, Naoura avait alors quinze
ans, âge où la jeune fille commence à
sentir battre son cœur : il ne bat encore
pour personne, mais il bat pour l'inconnu... L'inconnu est si beau à cet âge !

On était au mois d'août, époque où,
même dans la Sibérie, les rayons du soleil deviennent partout chauds et vivi-
fiants, où tout dans l'air, dans la nature,
chante un duo d'amour. Ses parents
étaient partis dès le matin pour aller
dans la montagne voisine. La jeune fille,
après avoir mis de l'ordre dans son pauvre intérieur, voulut en mettre à sa toilette ; elle sortit son costume le plus
beau, l'étala sur une chaise ; ensuite elle
dénoua ses cheveux, se mit à les lisser
pour en former de longues tresses. Un
seul jupon court, un corset laissant ses
blanches épaules à découvert, formaient
toute sa toilette. Qu'elle était belle ainsi !
La fenêtre de sa chambre, la lucarne
plutôt, était ouverte ; le soleil entrait par
mille éblouissants rayons et venait inon-

der sa chambre de lumière. Un de ces rayons se jouait amoureusement dans sa blonde chevelure, et lui donnait des teintes riches, colorées, comme Rubens seul en a reproduit. La coquette enfant se pressait peu de natter ses cheveux. Droite devant un petit miroir, elle se contemplait en souriant, et naïvement admirait sa jeune beauté. Ses doigts faisaient faire mille ondulations capricieuses à sa chevelure. Mais tout à coup un cri s'échappe de sa poitrine, cri de biche surprise par un cruel chasseur. Elle se sauve dans un coin de sa chambre, se drapant, comme la Madeleine, dans ses cheveux, et cachant sa figure de ses mignonnes petites mains.

C'était un chasseur qui causait l'effroi de Naoura.

Oui, un chasseur indiscret qui, le fusil en bandouillère, était là droit sur la porte de la chaumière, la contemplant avec des yeux ardents et passionnés. Elle l'avait aperçu en se regardant dans sa glace.

Il faut l'avouer, son effroi était bien excusable : être surprise dans un négligé pareil et en train de s'admirer coquettement, c'est bien fait pour effaroucher une femme, et encore bien davantage une fillette.

Cependant notre chasseur, peu charitablement, ne se pressait pas de mettre fin à la position embarrassante de Naoura. Elle était si belle, blottie, palpitante et effrayée, dans un coin de sa chambre.

« Ma belle enfant, lui dit-il enfin, mille pardons de vous avoir si fort effrayée par mon entrée indiscrète ; je venais vous demander cinq minutes d'hospitalité et un verre d'eau. Je viens de faire une longue marche, je suis harassé de fatigue. Vous le savez, chez nous, enfants de la Circassie, l'hospitalité ne se refuse jamais.

— Je le sais, dit Naoura un peu remise, et je suis prête à vous l'accorder de bon cœur ; seulement veuillez aller m'attendre dehors, asseyez-vous sur le banc qui est à la porte : dans un instant je suis à vous. »

Le chasseur s'inclina et sortit. Naoura bien vite rajusta et compléta sa toilette. Pourtant, s'il faut tout dire, elle s'assura, avant d'aller rejoindre l'hôte que le hasard lui envoyait, si son demi-désordre ne nuisait point à sa beauté. Il faut croire

que le miroir lui dit le contraire, car un
sourire de satisfaction erra sur ses lèvres.

Encore un peu émue et rougissante,
elle se rendit près de l'étranger, le fit
entrer dans la première salle, celle qui
servait de cuisine, de salon, de chambre, à
ses parents, et là elle lui servit avec une
bonne grâce charmante ce que la chaumière possédait. Tout en se rafraîchis-
sant, notre jeune chasseur la contemplait
d'un œil avide. Sans trop se rendre
compte pourquoi, plus d'une fois elle
se sentit rougir sous ce regard. C'était
la première fois qu'un homme la regardait ainsi! et celui dont les yeux lui disaient clairement : « Je vous trouve belle!
mais belle comme une houri!... » était,
ma foi, fort beau garçon. Il portait le

costume des Circassiens, costume original et gracieux ; il avait l'air fier et intelligent, un regard doux ; sa fine mous-
tache ombrageait une fort belle bouche ;
grand, mince, il avait même une certaine distinction. Dans ce pays-là, que
la civilisation n'a point encore conquis,
on ne connaît pas les lois, absurdes le
plus souvent, que l'on nomme usages du
monde, et qui veulent, entre autres choses, que l'on cause, que l'on soit aimable
avec un homme parfaitement insupportable, qui vous est antipathique, qui
souvent ne brille pas par une excellente
éducation, et cela par la seule raison
qu'il vous a été présenté par un homme
que vous connaissez à peine, qui ne
connaît pas davantage celui qu'il vous
résente ; tandis que c'est une chose

taxée de légèreté, de manque aux con-
venances, de causer avec un homme parfaitement distingué, spirituel, qui ne
vous a pas été présenté.

Enfants de la nature, mes jeunes gens
ne connaissaient pas les lois de ce grand
tyran que l'on nomme le monde... Ils se
mirent à causer gaiement.

« Habitez-vous près d'ici? lui dit
Naoura de sa voix douce et harmonieuse,
en s'asseyant près de lui sur un escabeau...

— Non, pas très-près ; ma cabane est
sur le versant opposé de la montagne...
Mais dites-moi comment l'on vous nomme,
ma jolie hôtesse?

— Naoura... et vous?

— Quel doux nom! et comme vous le
portez bien... Moi, je me nomme Réoff.

7.

— Êtes-vous Tcherkesse ou Abkase?

— Tcherkesse... comme vous, car, j'en suis sûre, nous appartenons à la même tribu.

— Oui, c'est vrai.

— Vous ne connaissez pas mon père? Il va souvent, lui aussi, chasser sur la montagne.

— Il n'y a que trois mois que je suis de retour dans le pays.

— Où étiez-vous donc auparavant?

— A Constantinople.

— A Constantinople! répéta Naoura avec un mouvement d'effroi; dans ce pays où, dit-on, on nous vend... comme des bêtes, où l'on nous tient esclaves?

— Oui, et j'ai été vendu, moi aussi, dit le chasseur, qui à ce souvenir eut un éclair de fureur dans le regard.

— Ah! mon Dieu, et par qui?

— Ah! c'est une sombre histoire... elle me rappelle de cruels souvenirs... Pourtant je vais vous la dire. . Je vous connais depuis un quart d'heure à peine, et déjà je sens que je vous aime... »

Et comme la jeune fille rougissait à cet aveu, il reprit :

« Je vous aime comme un ange, comme une sœur... si vous voulez; mais mon cœur se sent entraîné vers vous. Ne le repoussez pas : je suis si malheureux !

— Vous êtes malheureux?... oh! alors moi aussi je vous aime, car nous devons aimer tous ceux qui souffrent... »

Elle dit cela avec tant de candeur, de charmant abandon, que Réoff la remercia avec un sourire et une larme aux yeux.

« Oui, je suis malheureux... et je l'ai

été. Écoutez plutôt... J'ai été élevé et je
suis né dans la petite cabane que j'habite
aujourd'hui. J'avais une mère, bonne,
tendre, que j'aimais de toute mon âme.
Mon père était dur, brutal ; je ne l'aimais
pas... J'avais aussi une petite sœur jolie
presque autant que vous, gentille, gaie,
follette ; elle avait deux ans de moins que
moi ; j'étais son mentor, son soutien ;
elle m'appelait son grand frère, moi je
l'appelais ma petite sœur... J'aurais été
parfaitement heureux si mon père, moins
brutal, ne nous eût pas battus si souvent,
autant nous que ma pauvre mère... Très-
pauvre, obligé de travailler depuis l'aube
jusqu'à la nuit, il avait le caractère ai-
gri... Un jour, je rentrais des champs
avec ma sœur : je trouvai ma mère en larmes, se traînant aux genoux de mon père,

qui, lui, la rudoyait... Un étranger, un homme bien mis, était là, droit, regardant cette scène avec indifférence... Ma sœur et moi nous nous jetâmes spontanément au cou de notre mère, pleurant de la voir pleurer; mais notre vue, loin de la calmer, redoubla son désespoir; elle nous serra tous deux convulsivement dans ses bras en s'écriant : « Mes enfants, mes « enfants, votre père veut vous vendre! »

« Nous ne comprîmes pas trop ce que cela voulait dire, mais instinctivement nous lançâmes à notre père un regard furieux et nous nous serrâmes contre notre mère.

« Le monsieur s'approcha alors de nous, il nous examina des pieds à la tête, nous prit par la main, nous fit tourner, retourner. Mon père dénoua les cheveux

de ma sœur, lui fit observer que déjà ils
promettaient d'être fort beaux ; il énuméra
ses grâces adolescentes, ma force pré-
coce. Ma mère paraissait anéantie par la
douleur; mon père, lui, discutait froidement le prix de ses enfants... Enfin ils
tombèrent d'accord ; l'étranger compta
une somme d'argent à mon père, qui la
recompta plusieurs fois et la mit dans sa
poche. Alors le monsieur voulut nous
entraîner pour nous faire monter dans
un traîneau qui l'attendait à la porte. Ma
mère à cet instant sortit de son abatte-
ment; elle se leva d'un bond, nous saisit
dans ses bras en poussant des cris de
douleur, qui, voyez-vous, Naoura, ne
s'effaceront jamais de ma mémoire... La
scène qui se passa est de celles qui ne
peuvent se raconter. Mon père entraîna

de force ma mère dans un autre appartement; quant à nous, le marchand, car c'en
était un, nous lia les mains et nous jeta
dans le traîneau.

« Pauvre mère! nous étions bien loin
que nous entendions encore ses cris de
rage impuissante et de désespoir. »

Réoff s'arrêta ému à ce triste souvenir; une larme coulait lentement sur sa
joue.

Naoura, elle aussi, pleurait en murmurant : « Pauvre mère! pauvre mère!

— Oui, pauvre mère! reprit Réoff; elle
a dû bien souffrir, allez.

— Et vous autres, qu'êtes-vous deve-
nus avec ce vilain homme?

— Nous avons bien souffert aussi; il
nous a emmenés à Constantinople, sans
nous laisser même la consolation de

pleurer... En voyant couler nos larmes,
loin de s'attendrir, il s'écriait : « Si vous
« ne vous taisez pas, je vais vous battre,
« car vous détériorez une marchandise
« que j'ai payée fort cher... »

« A Constantinople, nous fûmes expo-
sés dans un marché avec une foule d'autres malheureux... marchandés, remar-
chandés par des vieilles femmes, par des
hommes de tout rang et de toute sorte...
Là, une nouvelle douleur nous attendait,
ma pauvre petite sœur et moi; il fallut
même nous séparer... Une vieille femme
acheta ma sœur... et moi je fus acheté
par un monsieur, qui, le jour même,
m'emmena à Andrinople. Comprenez-
vous, Naoura! arrachés des bras de
notre mère, vendus par notre père... et
là-bas, pauvres enfants, comme si notre

malheur n'était pas déjà assez grand...
on sépare encore le frère de la sœur!

— Ah! c'est horrible, affreux... murmura la jeune fille.

— Mon maître était doux et bon, je n'avais pas un rude travail à faire... Son intendant m'apprenait à parler la langue turque, à la lire et à l'écrire... J'aurais été heureux avec ce bon et digne musulman... si ce n'avait été la pensée constante de la douleur que devait ressentir ma mère et le chagrin de ne savoir ce qu'était devenue ma pauvre petite sœur... Cette épreuve avait chassé loin de moi l'insouciance de l'enfance, j'étais devenu un homme par le cœur, et j'étais bien malheureux.

« Huit ans se sont passés ainsi... L'étude avait seule pour moi quelques charmes. Du travail à l'étude, de l'étude au travail, voilà comment s'écoulaient mes journées.

« Un jour mon maître montait un cheval fougueux, qui s'emporta ; il allait se briser la tête. Je fus assez heureux pour, me jetant à la tête du cheval, le terrasser et sauver d'une mort certaine le téméraire cavalier... Mais, entraîné moi-même par le cheval, je fus gravement contusionné et longtemps malade. Une fois que je fus rétabli, mon maître me fit appeler et me dit :

« Réoff, tu m'as toujours bien servi ;
« de plus, tu m'as sauvé la vie par ton
« courageux dévouement : parle, je suis
« ton débiteur, que puis-je faire pour
« toi ?

« — Excellence, lui dis-je, si je n'avais

« pas dans les montagnes de la Circas-
« sie une pauvre mère qui pleure l'ab-
« sence de son fils, si je n'avais pas une
« sœur qui m'est bien chère et dont le
« sort m'est inconnu, je ne formerais
« qu'un désir, celui de rester avec le
« bon maître que j'ai eu le bonheur de
« rencontrer.

« — Allons, allons, me dit le pacha
« en m'interrompant, je comprends ton
« désir et je l'approuve. Tu es libre ; va
« revoir ta mère, essayer de retrouver
« ta sœur. Voilà qui t'aidera. (Il me don-
« nait une lourde bourse.) Si ta mère
« ni ta sœur n'ont besoin de toi, eh
« bien ! reviens chez moi, tu monteras
« au grade d'intendant, car tu es un
« brave garçon. »

« Je lui baisai les pieds avec reconnaissance, et m'éloignai le cœur plein de bonheur, de l'espoir de revoir ma mère et ma sœur. Hélas! pendant trois mois j'ai fait de vaines recherches à Constantinople pour savoir ce qu'était devenue ma petite Ismeet; alors je suis revenu ici pour revoir ma mère.

« La pauvre femme! elle était morte de chagrin un mois après notre enlèvement. Mon père lui-même n'a pas profité longtemps du fruit de la vente de ses enfants : il est mort aussi quelques mois après ma mère. Que le Prophète lui pardonne!

«Vous le voyez, Naoura, je suis seul au monde... plus personne qui m'aime. N'avais-je pas raison de vous dire que j'étais malheureux?

—Pauvre ami! oui, vous avez été bien

cruellement éprouvé. Mais, dites-moi,
Réoff, votre père n'avait donc ni en-
trailles ni cœur? vous vendre pour un
peu d'or!

— Hélas! c'est affreux; mais, vous le
voyez, notre jeunesse est tout enlevée :
les uns sont vendus par leurs parents,
les autres, volés. Qu'avons-nous fait au
Prophète pour qu'il nous laisse traiter
de cette façon?

« Mais, pardon, ma charmante hôtesse,
je suis vraiment indiscret, je prolonge
ma visite et j'abuse de votre bonne hospitalité. »

Il se lève alors, et, prêt à partir, il
prend la main de Naoura, et, la regardant tendrement, il lui dit :

« Me permettrez-vous de revenir vous
voir quelquefois, ma sœur?

— Oui, » répondit tout bas et en rougissant la jeune fille.

Il s'éloigna emportant le cœur de Naoura et lui laissant le sien.

L'amour naît souvent ainsi : l'heure d'auparavant, l'on est des étrangers; l'heure d'après, les deux cœurs sont liés.

Singulière chose que le cœur, bizarre chose que l'amour!... L'un et l'autre déroutent les plus grands philosophes, les plus grandes intelligences!... Ils n'y comprennent rien, et, tout comme les autres, ils subissent les lois de ce dieu malin, que l'on devrait bien plutôt appeler un démon, l'Amour!...

Naoura et Réoff se revirent. D'abord le jeune homme vint tous les huit jours, mais bientôt huit jours sans se voir leur pa-

rurent un long siècle : ils se virent tous les
jours... Cœurs jeunes et naïfs, âmes inno-
centes et ardentes, leur amour chaste et
pur fut un délicieux poëme. Ils se parlè-
rent cette langue des amoureux, qui est
un mélange de poésie et de passion, langage charmant, né avec le monde, qui ne
mourra qu'avec lui, et auquel la froide
grammaire ne changera jamais rien.

« Quel bonheur, disait Réoff, quand
tu seras ma femme!... Déjà j'embellis ma
chaumière, je la tapisse de belles peaux ;
j'en fais un nid charmant, nid qui abri-
tera notre amour... »

Naoura rougissait et pressait la main
qui tenait la sienne.

Sans se rendre trop compte pourquoi,
la jeune fille n'avait parlé à ses parents
ni de la première visite de Réoff ni de

toutes les autres. Elle le voyait alors que ceux-ci étaient aux champs ou à la montagne.

Un jour nos deux amoureux conjuguaient ce doux verbe aimer. Ils faisaient des rêves d'amour à deux, la main dans la main... Le père et la mère de Naoura parurent soudain sur la porte de leur cabane... Ils s'arrêtent interdits à la vue de cet étranger près de leur fille...

« Quel est cet homme? » demanda durement le père avec un éclair de colère dans le regard; et comme, toute tremblante, Naoura ne répondait rien, Réoff se leva, et, saluant respectueusement les parents de celle qu'il aimait, il dit :

« Un homme qui aime votre fille et qui en est aimé, et qui n'a qu'un désir, celui de devenir votre fils... »

La foudre serait tombée aux pieds du père et de la mère de notre jeune Circassienne qu'ils eussent été moins atterrés.

Quoi! ils avaient élevé cet enfant, ils avaient soigné et fait se développer sa beauté en lui épargnant tous travaux fatigants... elle avait atteint l'âge où une belle fille vaut cher à Stamboul; ils se réjouissaient tous deux des belles piastres qu'elle allait leur rapporter : et voilà qu'ils trouvaient près d'elle un homme qui se disait aimé... Ils avaient compté sans le cœur de leur fille, eux qui avaient à la place du cœur une bourse vide qu'ils aspiraient à remplir...

« Ma fille vous aime! dites-vous, s'écria enfin la mère; vous mentez!

— Non, ma mère, il ne ment pas, je

8

l'aime, et je serais bien contente si vous lui donniez le nom de fils.

— Jamais! s'écria le père... Quoi! petite ingrate, nous avons protégé ton enfance, nous t'avons gâtée, soignée comme une belle fleur, prenant pour nous les peines de la vie et ne te laissant à toi que les plaisirs, et aujourd'hui que te voilà grande, que tu peux soulager notre vieillesse, tu t'y refuses!

— Mais, mon cher père, je ne demande pas mieux. Je suis forte et courageuse; reposez-vous tous deux, je travaillerai pour vous, et Réoff aussi, car il vous aimera bien, j'en suis sûre. »

Le jeune homme, s'avançant, voulut prendre la main de la mère et lui dit : « Oui, je serai pour vous un fils dévoué!» Mais elle le repoussa, et le père, le sai-

sissant brutalement par les épaules, le
mit dehors, refermant sur lui la porte de
la chaumière.

Naoura, en voyant traiter de cette façon celui qu'elle aimait tendrement, se
mit à fondre en larmes.

Les deux Circassiens la considérèrent
un instant avec colère.

« Allons, femme, ne la laisse pas
pleurer ainsi, elle va s'enlaidir et se
rendre malade; fais-lui entendre raison,
explique-lui nos projets. »

La mère l'entraîna alors dans sa chambre. Naoura crut à un bon sentiment chez
elle, et, entourant son cou de ses bras,
elle lui dit :

« N'est-ce pas, petite mère, que vous
me le laisserez épouser?... Nous nous
aimons tant!... Nos soins tendres et pré-

venants embelliront votre vieillesse....

— Epouser ce jeune homme! y penses-tu?... C'est un simple et pauvre paysan comme nous... Avec lui, quelle serait ta vie?... Celle que je mène, triste et misérable; tandis que, grâce à la beauté dont t'a dotée le grand prophète, tu peux devenir une grande dame, n'ayant rien à faire, parée de belles toilettes, de bijoux, et, de plus, nous donner le bien-être pendant le reste de nos jours. »

Naoura écoutait palpitante; elle tremblait de comprendre.

« Et pour cela, que faut-il faire? balbutia-t-elle.

— Être raisonnable et ne plus penser à ce paysan. Ton père te conduira dans une belle ville que l'on nomme Constantinople; là il te vendra à un riche pacha qui lui donnera de belles piastres avec lesquelles nous vivrons heureux ; et toi, tu deviendras peut-être la femme de ce pacha. »

Vainement elle eût continué de parler : Naoura, en entendant faire cet affreux raisonnement à celle qui était sa mère, à celle qu'elle avait aimée, s'était sentie une douleur au cœur, un bourdonnement dans les tempes, et elle s'était affaissée sans connaissance.

En l'apercevant dans cet état, la Circassienne poussa un cri d'effroi ; son mari accourut, et tous deux s'empressèrent autour d'elle, essayant de la faire revenir à la vie ; on la coucha sur son lit, on lui mouilla les tempes avec de l'eau fraîche.

« Quoi ! s'écriait le père avec déses-

8.

poir, à présent qu'elle est grande et belle, il faudra la voir mourir là!... »

La mère unissait ses lamentations aux siennes. Mais bientôt un léger incarnat reparut sur les joues de la jeune fille, qui rouvrit les yeux et passa la main sur son front. Hélas! le souvenir lui revint; elle fit un geste pour repousser loin d'elle ce père et cette mère qui lui faisaient horreur.

« Tu n'es qu'une enfant, Naoura, lui dit son père; nous ne désirons que ton bonheur, et c'est pour cela que nous ne voulons pas te laisser vivre dans notre triste et aride pays.

— Certainement, ma fille, un jour tu nous béniras d'avoir agi ainsi, ajouta la mère.

— Oh! ne m'appelez pas votre fille... Moi, je ne puis plus vous appeler ma mère... Vous ne l'êtes pas, vous m'avez trompée... Si vous m'aviez donné le jour, si vous m'aviez portée dans votre sein, si, enfin, j'étais votre enfant, penseriez-vous à vous séparer de moi, à m'empêcher d'être heureuse ici avec celui que mon cœur a choisi, pour m'emmener là-bas, m'exposer sur un marché, me vendre comme une bête à un homme inconnu qui deviendra mon maître, qui maltraitera peut-être celle que vous appelez votre fille?... Oh! non, vous n'êtes pas ma mère!... Une mère donne sa vie pour son enfant, mais elle ne le vend pas pour un peu d'or!... »

Et, en parlant ainsi, Naoura tordait ses jolis bras, des larmes coulaient de ses beaux yeux, et sa main tremblait.

« C'est toi qui es un enfant dénaturé,

reprit la mère avec amertume... car tu
ne songes pas qu'avec cet or ton père et
moi nous vivrions sans être obligés de
faire un travail dur et pénible pour mener
une existence misérable... Et puis, toi-
même, vois la position que tu auras à Constantinople... Dans ce pays-là, la beauté
est appréciée, et tu es belle; bien sûr un
homme riche, puissant, t'achètera; il te
donnera des esclaves pour te servir, un
beau palais pour habitation; tu n'auras
rien à faire; tu seras une grande dame...

— Et que m'importera d'être une
grande dame, puisque je serai l'esclave
d'un homme qui, parce qu'il m'aura payée
une somme plus ou moins forte, se croira
mon maître, croira même qu'il a le droit
de me demander mon amour, comme si
l'amour se payait! Que m'importera d'a-

voir un palais... si je n'ai pas près de moi un père, une mère à aimer ; si même je ne puis conserver dans mon cœur un tendre sentiment pour eux, si j'en suis réduite à maudire ceux qui m'ont donné le jour...

— Elle est folle, dit le Circassien à sa femme ; laissons le sommeil calmer son exaltation : demain elle sera plus calme et plus raisonnable... »

Ils se retirent et la laissent seule.

La nuit était venue... Naoura, couchée sur les peaux qui lui servaient de lit, pleurait en songeant au triste sort qui lui était réservé... Elle frémissait à la pensée que l'on pourrait l'emmener loin de son bien aimé, la vendre à un homme qu'elle détesterait... Cette idée d'être vendue la révoltait... Et puis, elle qui avait jusqu'à ce jour tant affectionné ses parents... à présent ils lui faisaient presque horreur...

Deux petits coups frappés discrètement à sa croisée attirèrent son attention... D'un bond elle alla ouvrir, car son cœur lui dit : C'est lui!... C'était lui en effet, c'était Réoff. Il s'empara de sa petite main, la porta à ses lèvres, et, la sentant humide de larmes :

« Pauvre amie, lui dit-il , j'ai tout deviné : ils veulent spéculer sur votre beauté, n'est-ce pas ; ils veulent aller vous vendre à Constantinople?

— Hélas! murmura la jeune fille, plus malheureuse que vous ne l'avez été... je n'ai pas même une mère... Celle à qui j'ai donné ce doux nom jusqu'à ce jour est la première à vouloir m'envoyer au marché aux esclaves.

— Ah! c'est affreux! Pauvre peuple de la Circassie! sommes-nous donc maudits du Prophète, qu'il nous enlève jusqu'à l'amour de nos mères!

— Ecoute, Naoura, ma bien-aimée, m'aimes-tu? as-tu confiance en celui qui donnerait sa vie pour toi... qui n'a qu'un désir au monde, celui d'être ton époux?

— Oui, je t'aime, et j'ai foi en ton amour, mon Réoff.

—Eh bien, sois calme maintenant, ne parle plus de rien à tes parents; il faut qu'ils te croient résignée au sort qu'ils veulent te faire. Moi, j'irai dès l'aube me procurer un traîneau à la ville prochaine. Demain, à cette heure-ci, il

sera là, au fond du sentier qui conduit
au grand chemin; tiens-toi prête, je
viendrai te chercher; sans bruit tu sor-
tiras par cette fenêtre... Nous nous nous
sauverons. Lorsque tes parents s'aperce-
vront de notre départ, nous serons bien
loin.

— Mais où irons-nous? demanda la
jeune fille un peu émue.

— Nous irons retrouver mon excellent
maître, nous lui conterons tout, et il
nous mariera. Il me fera son intendant;
toi, tu vivras dans un petit appartement
qu'il me donnera, bien sûr, pour toi.
Nous serons heureux, n'est-ce pas, car
nous nous aimerons bien.

— Oui, partons, ton projet me sourit;
demain, je serai prête à te suivre... Mais
éloigne-toi, pour que nous ne soyons

pas surpris, ce qui nous empêcherait
d'exécuter notre évasion. »

Réoff s'éloigna, non sans avoir déposé un baiser sur le front de sa belle
fiancée...

Comme Naoura refermait sans bruit sa
croisée, quelqu'un refermait aussi doucement sa porte;

Quelqu'un qui avait assisté à leur insu
à la conversation de nos deux amoureux.

Le lendemain, la jeune fille rentra de
bonne heure dans sa chambre, prétextant
un malaise; elle fit un petit paquet des
hardes qu'elle voulait emporter, et puis
elle se blottit sur son lit, l'oreille au
guet, le cœur palpitant de crainte et d'é-
motion... Mais soudain son père et sa
mère entrent dans sa chambre; elle n'a
pas le temps de se relever que, la saisis-

9

sant prestement, ils lui lient les pieds et
les mains et lui mettent un bâillon sur
la bouche pour étouffer ses cris. Ensuite
le père l'emporte au dehors; il va avec
son fardeau près du sentier où Réoff
avait annoncé qu'il laisserait le traîneau;
il couche Naoura à terre derrière des
broussailles, et il s'assied à ses côtés, re-
tenant sa respiration... Bientôt le bruit
de l'attelage se fait entendre. Réoff apparaît le conduisant. Il descend, atta-
che les bêtes solidement à un arbre, et
s'éloigne pour aller chercher sa fiancée.

Pauvre jeune homme! son cœur ne lui
dit pas : « Elle est là près de toi, faisant
de vains efforts pour rompre son bâillon
et crier : « Mon bien-aimé, je suis là... »

A peine eut-il fait cinq minutes de
chemin dans la direction de la maison,

que le père souleva la jeune fille, l'ap-
porta sur le traîneau, l'y assujettit solidement, et, détachant les bêtes et leur
donnant un vigoureux coup de fouet, les
lança sur la grande route.

Il emmenait sa fille à Constantinople,
sur le traîneau qui devait servir à son
enlèvement! Réoff, lui, arriva à pas de
loup sous les croisées de Naoura; son
premier signal restant sans réponse, il
se dit : « Attendons ; peut-être ses parents ne dorment-ils pas encore. » Un
quart d'heure après, il frappe de nouveau : même silence... Son cœur, alors,
commence à battre bien fort. « Que lui
est-il arrivé?... Se douterait-on de notre
fuite?... Aurait-elle changé d'avis?...
Non! c'est impossible, elle m'aime!...
Elle n'a pas hésité hier. »

Mille idées se pressaient dans sa tête.
Il y avait une grande heure qu'il était
là, attendant vainement, quand l'idée lui
vint que peut-être, par un autre chemin,
elle s'était rendue au lieu convenu. Il
y courut : quel ne fut pas son ébahisse-
ment en n'y retrouvant ni Naoura, ni
son traîneau !...

Laissons le pauvre Circassien se désoler, maudire le sort fatal et le père
barbare, et suivons notre jeune héroïne
à Constantinople.

Dans le quartier de Péra habitait une
vieille femme nommée Haïssaidé, qui faisait le commerce d'esclaves. Elle achetait des jeunes filles arrivant de la Circassie ; elle en achetait de très-jeunes,
et, chez elle, elle les faisait élever, leur
donnait des maîtres de chant, de danse,

ensuite elle les revendait fort cher aux grands seigneurs du pays.

La maison de Haïssaidé était très-connue et très-fréquentée par les pachas et les hauts personnages, car elle avait la réputation d'avoir toujours un grand choix de jeunes filles toutes plus jolies les unes que les autres : aussi tous les riches musulmans pris d'une velléité de changement venaient-ils lui faire visite ; ils examinaient les beautés adolescentes que possédait Haïssaidé, ils les marchandaient, car le peuple turc est bien celui qui aime le plus à marchander. Tout grand seigneur qu'il soit, un Turc ne donne jamais le prix qu'on lui demande ; sur cent piastres il en rabat d'abord cinquante, puis quarante, puis trente... Si une jeune fille lui plaît, admettez même qu'il en soit amoureux fou, il marchande pour l'acheter, ce qui n'est pas précisément très-galant pour la femme!

Trois semaines après avoir enlevé Naoura, son père la conduisit chez la marchande d'esclaves; elle était pâle, alanguie par les émotions, le désespoir, et aussi par les fatigues du voyage, car les routes qui sillonnent la Turquie sont rarement en bon état...

Là commença une scène ignoble. Le père se mit à vanter la grâce, la beauté de sa fille, dénouant ses cheveux pour en faire valoir la longueur et la souplesse, lui faisant ouvrir la bouche pour montrer l'émail blanc de ses dents, la faisant tourner et retourner pour faire admirer l'élégance de sa taille.

La pauvre enfant, morne et désolée,

se laissait faire sans dire un mot, se contentant de jeter sur son père des regards où le mépris et la colère se mariaient.

La vieille femme, elle, bien qu'elle reconnût la beauté de la jeune fille et qu'elle bénît le Prophète de ce qu'il lui envoyait une perle qu'elle revendrait très-cher, discutait tout haut cette beauté, essayant de l'amoindrir et jurant qu'elle avait déjà plusieurs esclaves plus belles qu'elle.

Ils débattirent avec un acharnement pareil des deux côtés le prix pendant plus d'une heure; enfin il fut fixé à vingt mille piastres (environ sept mille francs de notre monnaie). Le père compta et recompta la somme, la mit dans une ceinture en cuir qu'il attacha solidement;

ensuite il s'approcha de sa fille et voulut l'embrasser. Mais celle-ci se recula avec un geste plein de froideur.

« Allons, allons, enfant, tu m'en veux dans ce moment-ci ; mais viendra un jour où, riche et heureuse, tu te diras que j'ai bien fait.

— Et vous, mon père, il viendra peut-être un jour, alors que la vieillesse, avec ses infirmités, ses tristesses, vous aura rendu visite, où vous vous direz que l'amour, la tendresse, les bons soins de votre fille vous auraient été plus précieux que vingt mille piastres... Je vous pardonne, à vous et à ma mère ; que Mahomet fasse comme moi, qu'il vous pardonne et vous accorde une heureuse vieillesse... »

En disant cela, la voix de la jeune fille

tremblait; des larmes s'amassaient sous ses longs cils.

Ainsi se séparèrent le père et la fille. Haïssaidé fit tout au monde pour consoler la jeune fille, pour ramener le sourire sur ses lèvres, le vermillon sur ses joues; elle l'entoura de petits soins, de prévenances; elle appela près d'elle d'autres jeunes filles pour la distraire : on aurait dit une tendre mère près de son enfant malade; mais ce n'était pas, comme on le pense bien, l'affection et la philanthropie qui guidaient cette vieille mégère, c'était l'intérêt. Pour qu'elle pût la revendre avantageusement, il fallait faire refleurir sa beauté, effacer la pâleur de ses joues et les marques rouges que les larmes avaient faites à ses yeux.

Elle l'installa dans une jolie petite

9.

chambre, où notre jeune Circassienne
passa un mois sans que jamais on la
montrât aux visiteurs. Comme elle s'é-
tait trompée sur le sentiment qui dictait
les soins que lui donnaient ses parents,
elle se trompa encore sur ceux qu'elle re-
cevait de cette femme ; car, jeune et naïve,
ayant foi au bien, elle se disait : « J'ai
perdu une mère, Dieu m'en donne une
autre. » Et puis elle était si contente de
se voir achetée par une femme ! La pauvre enfant, peu au courant des usages,
se figurait qu'Haïssaidé allait la garder.
« Mon Réoff, mon bien-aimé, pensait-
elle, saura bien me retrouver. Son pacha lui enverra l'argent nécessaire pour
me racheter, et nous nous marierons. »
L'espoir renaissait dans son cœur, les
traces de la fatigue disparaissaient; elle

redevenait fraîche comme la rose du matin née.

Un jour, Haïssaidé vint la trouver dans sa chambre ; elle lui lissa elle-même ses blonds cheveux, y mélangea coquettement des plumes et des perles ; elle lui mit un riche et élégant costume, et la fit descendre dans le salon. Un vieux pacha à barbe grise était là ; il poussa une exclamation admirative à la vue de Naoura.

« Tu ne m'as point trompé, ton esclave est très-belle, » dit-il à la marchande.

Et il se mit à l'examiner, puis à la marchander.

Le rouge de la honte monta au front de la jeune fille, qui sentait son cœur battre d'épouvante. Achetée par ce vieillard, marchandée comme une bête ou un vil objet de trafic!...

La vieille femme demandait cent mille piastres; le monsieur se récriait que c'était beaucoup trop. Mais la porte du salon s'ouvre et soudain apparaît un personnage du plus beau noir, portant un riche costume et l'épée au côté. Le pacha fait le plus profond salut; la femme se précipite à terre et baise les pieds du grand personnage, qui, ayant regardé Naoura un instant, dit d'un ton impératif :

« Je t'achète cette esclave pour le sérail... Combien en veux-tu?...

— Deux cent mille piastres, Votre Excellence...

— Non, tu n'en auras que cent cinquante mille.

— Le prix que me donnera Son Excellence me satisfera toujours, car, humble esclave de Sa Grandeur, notre illustrissime sultan, tout ce que j'ai lui appartient. »

Cet homme était le kuslar-agachi, autrement dit le chef des eunuques du palais.

Le pacha n'osait rien dire, mais il se mordait les lèvres avec dépit de se voir enlever une si charmante odalisque, qui aurait embelli ses vieux jours.

Les vieillards convoitant une jeune fille me font l'effet de ces affreuses chenilles venant ramper sur une fleur fraîchement éclose, tout embaumée de rosée et de parfums.

Une heure après, notre Circassienne était conduite au palais du sultan, ou plutôt dans le sérail, qui communique avec le palais.

Le kuslar-agachi la remit entre les
mains de l'asnadar-anem. On nomme
ainsi l'esclave de confiance qui a la haute
main sur toutes les autres, les commande,
dirige tout au sérail, et a aussi pour
mission de prévenir celle des odalisques
qui est désignée par le sultan pour être
la favorite du soir.

L'asnadar-anem conduisit Naoura dans
un superbe appartement. Elle ne pleurait pas, mais on lisait sur son front un
sombre désespoir; ses yeux lançaient des
éclairs de rage impuissante; on voyait
qu'elle pressentait un danger et qu'elle
était décidée à le braver, dût-elle mourir dans la lutte. L'asnadar-anem lui fit
servir une collation composée de fruits
et de confitures. Naoura mangea à peine;
mais au moment où sa gardienne ne l'a-

percevait pas, elle prit un couteau à lame fine et aiguë, le fit glisser à terre et le cacha sous son coussin.

Sa collation finie, la vieille femme lui montra des costumes d'une grande beauté et des bijoux luxueux.

« Tout cela est à toi, lui dit-elle.

— Que m'importe, puisque moi je ne m'appartiens plus? répondit Naoura.

— Il te sied bien de te plaindre! Tu ferais bien mieux de remercier Mahomet, car enfin tu aurais pu être achetée par un simple pacha... tandis que tu seras peut-être la favorite de celui qui est le plus grand après le Prophète, de notre illustrissime seigneur... Ce soir, ce soir même, on vient de me l'annoncer, il daignera venir voir sa très-humble et très-indigne esclave...

— Ce soir, dites-vous, il viendra?
murmura Naoura d'une voix tremblante.

— Oui, oui, ma fille... Tu le vois, tu
dois remercier le prophète. »

Elle n'entendait plus; la main appuyée
sur le coussin qui cachait le couteau,
elle était plongée dans de lugubres pensées... Mais tout à coup elle s'aperçut
qu'elle était seule... L'idée de fuir lui
vint... Fuir, où?... le savait-elle?... Mais
pourtant il lui semblait que partout ailleurs elle serait moins en danger que
dans le sérail... Cette visite qu'on venait
de lui annoncer la faisait frémir... Elle
courut aux croisées de sa chambre : hélas! elles étaient grillées; à la porte : elle
était fermée à clef... Découragée, elle se
laissa aller sur un des matelas qui, posés
au milieu de l'appartement, formaient un

lit. Brisée par toutes les émotions qu'elle avait éprouvées, elle s'endormit...

Trois heures après, l'asnadar-anem entra dans sa chambre; elle la trouva endormie encore. Sans doute elle faisait un rêve agréable, car sa bouche, à demi entr'ouverte, souriait à une douce image que ses rêves lui montraient. Son sein se soulevait par petits bonds vifs et saccadés... Bientôt ses lèvres s'agitèrent, elle murmura : « Mon Réoff, je t'aime! »

La vieille gardienne du sérail fit une horrible grimace... « Son Réoff!... Aimerait-elle quelqu'un?... Si le sultan l'avait entendue!... Aimer un homme quand on est destinée à devenir peut-être la favorite de notre illustrissime sultan... »

Du rêve à la réalité il y a bien loin souvent, et comme on est marri quelque-

fois de se réveiller!... Voyez cette pauvre
Naoura : en rêve elle était près du bien-
aimé de son cœur, elle se réveilla pri-
sonnière dans un sérail!...

L'asnadar-anem la conduisit dans la
salle de bain...

Il y a au sérail plusieurs salles de
bain ; ce fut dans la plus belle que l'on
conduisit notre jeune Circassienne. Ces
bains, situés au milieu d'un superbe jardin, sont construits en forme de coupole,
et leur dôme est en pur cristal de roche.
Au centre est une salle dallée, ayant au
milieu un bassin en marbre rose, dans
lequel un grand jet fait tomber en pluie
une eau chauffée et parfumée. Cette salle
est ornée de fleurs, de glaces, de divans
luxueux.

Autour de cette salle il y en a plu-

sieurs petites. Dans l'une, la première
où l'on entre, nous allons suivre Naoura...
Là deux esclaves la déshabillèrent et
lui mirent pour tout costume un petit jupon s'arrêtant aux genoux.

Ensuite elles la conduisirent dans une
autre salle, où il n'y a qu'une fontaine
et un escabeau, sur lequel on la fit asseoir,
et pendant que l'une d'elles lui dénattait
les cheveux, l'autre lui jeta de l'eau sur
le corps, avec une écuelle en forme de
noix de coco coupée par le milieu. A cette
eau, chaude d'abord, en succéda d'autre
d'une température successivement moins
élevée et que remplaça à la fin de l'eau
tout à fait froide. Ensuite, avec une certaine pâte douce et parfumée, elles lui
lavèrent les cheveux, puis les lui séchè-
rent et lui entourèrent la tête avec un fou-

lard... On lui remit alors une jupe sèche,
et on la conduisit dans une salle chauffée
à vingt-cinq degrés. Là, on la fit coucher
sur un divan, lui donnant une cigarette
à fumer et de l'eau froide à boire de temps
en temps. Un quart d'heure après on l'in-
troduisit dans une salle chauffée à trente-
cinq degrés, et successivement elle passa
de salle en salle jusqu'à celle qui est
chauffée à quatre-vingt-quinze degrés,
où le marbre même est brûlant. Là, il
lui sembla que l'air allait lui manquer;
une transpiration abondante lui couvrit
le corps... En ce moment on la conduisit
dans la grande salle, et deux jeunes esclaves se mirent à la masser. (Ici une digression : Gautier prétend que celui ou
celle qui n'a jamais été massé n'a jamais
été propre une seule fois dans sa vie...

Eh bien, il a raison : une personne qui prend des bains quatre fois par semaine, tous les jours même, reste stupéfaite en voyant tout ce qui se dégage de la peau pendant le massage, et demeure convaincue que seuls les Orientaux sont réellement propres.)

Cette opération finie, on la fit entrer dans une autre salle, et là on jeta abondamment de l'eau sur elle; ensuite on la conduisit dans le bassin à l'eau tiède et parfumée. Assise sur un banc en marbre, ayant de l'eau presque jusqu'au cou, on lui servit du café et des cigarettes.

Enfin on la mena dans un petit boudoir charmant. Là deux autres esclaves nattèrent ses cheveux, les ornèrent de perles et de diamants. On lui mit un pantalon en tissu argenté, brodé de perles

fines ; une grande robe à trois queues en
satin bleu, brodée avec des perles blanches et noires ; un collier et des bracelets
en perles aussi.

Qu'elle était belle ainsi !... qu'elle
était séduisante, parée surtout de sa
sombre mélancolie, avec des éclairs de
rage impuissante dans le regard... Elle
paraissait du reste calme et soumise, mais
son cœur bondissait d'effroi et d'indigna-
tion. Elle se disait : « De quel droit ce sultan, qui n'est qu'un homme, après tout,
dispose-t-il de moi comme d'une chose
inerte et sans volonté... Il m'a payée cent
cinquante mille piastres ; mais ai-je été
consultée ?... Avait-on le droit de me vendre ? avait-il le droit de m'acheter ?... »
Ah ! Naoura ressemblait bien peu aux
femmes de l'Orient, et même à ses com-

patriotes, si peu jalouses de leur digni-
té... Je l'ai dit, elle avait le cœur haut
placé, les sentiments élevés... Ne voit-
on pas quelquefois dans un terrain inculte, pierreux, au milieu des chardons et
des épines de toutes sortes, une fleur
fine, délicate, aux suaves parfums!...

Laissons un instant Naoura dans sa
chambre, où on la reconduit et où des esclaves lui servent un appétissant souper...
auquel elle touche à peine, et allons voir
ce qu'on fait au sérail.

Car il était en fête ce soir-là. Le sultan avait annoncé à son kuslar-agachi
qu'il daignerait venir jeter un coup d'œil
sur cette nouvelle esclave, dont il lui
vantait la beauté parfaite. La grande salle
offrait à l'œil ébloui un coup d'œil féerique : brillamment éclairée, elle était ten-

due en satin bleu-ciel parsemé de mille arabesques gracieuses brodées avec l'or le plus fin ; les portières des quatre portes, les rideaux des huit fenêtres, étaient aussi en satin bleu orné des mêmes broderies et de lourdes franges en or ; les embrasses qui les retenaient consistaient en une torsade d'or avec des glands où brillaient les diamants les plus scintillants ; le plafond de cet appartement était tendu en satin d'un bleu plus tendre, parsemé d'étoiles d'or.

Un magnifique tapis fond blanc, avec des dessins fantastiques et aux couleurs les plus vives, recouvrait le parquet ; un divan assorti aux tentures entourait tout ce salon ; dans le milieu, dans les angles, partout, de ces larges et moelleux coussins où se pelotonnent si gra-

cieusement les Orientales; plusieurs petites tables recouvertes de tapis d'un
luxe inouï, brodés, les uns avec des perles fines, les autres avec des guirlandes
de fleurs aux étamines et aux pétales
formés par des pierres précieuses; un
lustre en cristal de roche répandait la
lumière de ses cent bougies dans ce
splendide appartement.

C'était là que pour la première fois
Sa Hautesse grande et toute-puissante, le
sultan de toutes les Turquies, devait voir
Naoura... Bientôt les portes s'ouvrent;
l'asnadar-anem entre, soutenant Naoura.
Qu'elle était pâle et chancelante, la pauvre fille! Les belles roses qui jadis or-
naient ses joues s'étaient envolées; le lis
penché tristement sur sa tige, alors que
déjà il est vieux de deux jours, est

10

moins pâle, moins alangui que ne le paraissait la jeune Circassienne.

« Allons, allons, mon enfant ! pourquoi trembler si fort ?... Pourquoi paraître triste ?... Votre front devrait au
contraire rayonner de joie, car votre
haut et puissant maître va venir... et
peut-être demain serez-vous la favorite ! »

Naoura semblait même ne pas entendre ce que cette femme lui disait, tellement elle était abîmée dans sa douleur.

« Savez-vous qu'à cette heure-ci,
poursuivit la vieille esclave, toutes les
femmes du sérail pleurent de rage ?
car elles savent qu'une nouvelle perle,
qu'une nouvelle fleur de la froide Circassie est arrivée... elles craignent avec
raison qu'elle n'obtienne le mouchoir, et

toutes la jalousent et l'envient... Haïssa,
celle qui hier encore était la bien-aimée
de notre tout-puissant seigneur, est enfermée dans sa chambre ; elle pousse de
sourds gémissements de douleur... Lais-
sez les larmes et la tristesse à Haïssa, et
vous, prenez un air joyeux pour fêter la
visite de Sa Hautesse.

— Que je prenne un air joyeux,
murmura Naoura, quand j'ai la mort
dans l'âme, est-ce possible?... »

L'asnadar-anem la fit asseoir sur des
coussins ; elle lui en arrangea un pour
lui soutenir la tête, lui en mit d'autres
sous les coudes... Elle pressentait dans
cette jeune esclave une future favorite,
et, en bonne courtisane, elle la flattait...

Le courtisan est vieux comme le
monde, hélas!... et on le retrouve dans

tous les pays, dans ceux même qui sont le moins civilisés.

Voyant que ses paroles étaient impuissantes pour chasser le sombre nuage de tristesse qui couvrait le front de la jeune fille, elle frappa fortement dans ses mains.

A ce signal les portes s'ouvrirent, une trentaine de jeunes esclaves entrèrent. Les unes avaient à la main des instruments de musique de forme bizarre; elles portaient un costume d'homme, celui si gracieux des Albanais, des guêtres en velours rouge brodé d'or, une fustanelle blanche qui s'arrêtait aux genoux, un petit gilet, une veste aux grandes manches à pans coupés, rouge et brodée d'or aussi. Sur leurs cheveux, taillés comme ceux des hommes, était coquettement posé sur l'oreille un petit tarbouche rouge.

Ces esclaves-là faisaient partie du corps de musique du sérail.

Les autres, jambes et pieds nus, n'avaient qu'un large pantalon en fine gaze lamée or ou argent, une petite veste en drap d'or laissant à découvert leur poitrine et leurs bras, qui étaient ornés de somptueux bijoux. Elles tenaient à la main de petites écharpes en soie, les unes roses, les autres rouges, d'autres bleues, d'autres blanches... Dans leurs cheveux elles avaient ou des étoiles en diamants ou des fleurs.

C'était les danseuses.

Les musiciennes se mirent dans le fond de l'appartement, en rang, comme des soldats que l'on va passer en revue, et elles firent entendre les sons d'une musique gaie, vive, alerte. Aussitôt les danseuses se mirent en mouvement, prenant de chaque main un bout de leur écharpe, la soulevant au-dessus de leur tête en arrondissant gracieusement leurs bras. Elles commencèrent une danse où la volupté, la nonchalance, la coquetterie, se livraient assaut.

Dans ses mouvements, l'Orientale a de la chatte et de la couleuvre; peu grande, sa taille souple n'étant entravée par aucun lien gênant, elle se tortille avec les ondulations coquettes de la couleuvre se prélassant sous les rayons d'un brillant soleil.

La danse de certain pays a de la grâce, celle d'un autre a de l'originalité, de la gaieté, celle d'un autre enfin a de

l'esprit. On a dit d'un célèbre danseur
français : « Ses pieds petillent d'esprit. »
La danse des Orientales n'a ni gaieté,
ni originalité, ni esprit... elle n'a —
mais par exemple elle en a beaucoup
— que de la souplesse et de la volupté...

Tantôt les sons de la musique se ralen-
tissaient et devenaient tendres et doux.
Les danseuses suivaient ce rhythme;
leur danse, leurs mouvements, prenaient
une langueur indescriptible, leurs yeux
une douceur provoquante... Tout à coup
la musique redevenait vive, alerte, en-
jouée. Alors elles secouaient mutinement
leur tête comme pour secouer les plis
du voile de langueur qui recouvrait
leurs traits, et elles se mettaient à sau-
tiller, à s'entrelacer dans leurs écharpes

réunies. Mettant un genou à terre, elles formaient mille capricieuses figures.

Oh! si les ardents amateurs de notre chorégraphique Opéra voyaient des danseuses orientales, dans quelle extase ils tomberaient!...

Naoura les regardait d'un œil distrait; sa pensée était bien loin; elle volait près du bien-aimé de son cœur, près de Réoff...

Tout à coup les portes s'ouvrent avec fracas... c'est Sa Majesté qui entre. Aussitôt toutes les esclaves se précipitent à genoux, la tête contre la terre. L'asnadaranem s'avance et baise respectueusement ses pieds... Naoura se lève, mais elle reste calme et froide...

Le sultan la regarde, un éclair de colère brille dans ses yeux... Comment!

une femme ose rester droite devant lui !
elle ose ne pas se prosterner devant sa
grandeur !... Mais soudain son regard
s'adoucit... la beauté séduisante de la
coupable l'a désarmé, et lorsque l'asnadar-anem veut forcer la jeune fille à
courber son front audacieux, il l'arrête
d'un signe.

« Laissez-la, lui dit-il : elle ne connaît
pas les usages... »

Il s'assied sur des coussins et fait signe
à la jeune fille qu'elle peut s'asseoir...

Les esclaves demeurent interdites...

« Quoi ! une femme, une simple mortelle... va rester assise et non à genoux
devant Sa Hautesse ?... »

Jamais elles n'avaient vu chose pareille...

Les danses recommencent. La musique

éclate d'abord en une joyeuse fanfare ; ensuite, changeant soudain de rhythme, elle prend les accents de la passion, de l'ivresse...

Les danseuses, les yeux voilés d'une douce langueur, le sein bondissant, ralentissent leurs mouvements, et enfin prennent les poses les plus voluptueuses, les plus gracieuses.

Chacune jette un regard quêteur vers le soleil éblouissant et imposant qui est là devant elles... Elles semblent toutes dire : Je suis belle... Regarde...

Pourtant le sultan ne les honore que d'un regard distrait. Il contemple Naoura ; il se dit : « Jamais fille plus séduisante ne fut créée par la volonté du divin Prophète pour embellir mon sérail... Mais pourquoi a-t-elle l'air sombre et con-

traint?... » Habitué à voir toutes les
femmes de son palais solliciter ses bonnes grâces, il ne peut deviner ce qui se
passe dans l'âme de Naoura... « Peut-
être, se dit-il, elle tremble que je ne
jette ce mouchoir à l'une de ces danseuses qui sont là à prendre mille poses
provoquantes pour me captiver... Oui,
la pauvre enfant doit être jalouse... »
Alors il fait un geste... et toutes les esclaves s'éloignent en lançant un regard
d'envie sur celle qui va être la favorite.

Naoura se lève et veut s'éloigner;
mais Sa Hautesse la retient par la main
et la fait asseoir près de lui... et comme
il voit une pâleur mortelle couvrir ses
traits, il lui dit avec bonté :

« Allons, ne tremblez pas, mon enfant... que votre cœur se rassure. Votre

grâce et votre beauté ont touché le mien,
et aujourd'hui le maître est tout prêt à
devenir l'esclave!... » Il veut, la prenant
par la taille, l'embrasser; mais elle se
recule avec un mouvement de biche effa-
rée... Pour le coup Sa Grandeur n'y com-
prend plus rien... Eh quoi! une humble
esclave ose lui résister, à lui!.. à lui
devant qui chacun se prosterne et frémit
de crainte!...

Un éclair de colère brille dans ses
yeux; celui qui se disait tantôt l'esclave
est tout prêt à redevenir un maître despote. Pourtant il considère encore Naoura: elle est si pâle, si émue, que son cœur
s'attendrit... « Écoute, enfant, reprend-
il, tu me plais. Je veux que demain
toutes les femmes de mon sérail versent
des larmes de rage et d'envie; tu seras

ma seule favorite, je t'élèverai même au grade de ma troisième femme; tu auras l'appartement le plus somptueux de mon palais; je te donnerai des bijoux si beaux, si éblouissants, que les reines n'en ont pas de pareils; tu seras la maîtresse souveraine au sérail; moi-même je deviendrai ton esclave... car, vois-tu, je t'aime! Jamais je ne vis beauté plus parfaite et plus séduisante. Viens, viens, que je te presse sur mon cœur. »

Et de nouveau il voulut enlacer la pauvre enfant d'un bras amoureux et l'attirer vers lui; mais d'un bond elle se releva, et, lui lançant un regard calme et fier, elle lui dit :

« Naoura ne sera jamais à toi. Tes richesses la tentent peu; la seule richesse qu'elle envie, c'est la liberté... »

La résistance irrite l'amour de l'homme, de celui même qui est souverain. Aussi notre sultan, en entendant cette jeune fille lui déclarer nettement que jamais elle ne serait à lui, sentit son cœur battre, plus d'amour que de colère... Il se releva, bien décidé à vaincre par la force cette folle résistance, et s'avança vers elle le regard plein de passion.

Mais Naoura se recula prestement, et sortant de son sein un couteau à lame fine et tranchante, elle l'appuya sur sa poitrine, et lui dit d'une voix ferme et vibrante :

« Si vous faites un pas vers moi, j'enfonce ce couteau dans mon cœur... et c'est un cadavre que vous recevrez dans vos bras. »

Le sultan s'arrêta interdit ; il lut sur

son visage qu'elle aurait le courage
d'exécuter sa menace... La colère commença à bouillonner dans sa tête : pour
la première fois de sa vie ses désirs ren-
contraient un obstacle!... une pauvre
esclave osait lui résister... à lui tout-
puissant!... Disons-le, l'homme était
peut-être encore plus irrité que le souverain... Il avait la prétention d'être
beau... Il savait que toutes ses femmes
se disputaient son cœur... Bien des
grandes dames de Stamboul, rien qu'en
l'apercevant, avaient perdu le sommeil
et le repos, lui avait-on dit... Et cette
jeune fille à qui il venait de dire : « Je
« t'aime!... tu seras ma favorite... »,
préférait la mort à ce sort heureux...
Certes, cela était bien fait pour l'é-
tonner.

Après un instant de silence de part et d'autre, il lui dit :

« Enfant, je pourrais te punir cruellement de ton audace... Je n'en ferai rien, mais je t'ordonne de m'expliquer pourquoi tu te conduis ainsi...

— C'est bien facile... Votre Hautesse m'a fait payer par son esclave cent cinquante mille piastres... C'est une somme forte pour une pauvre fille comme moi, sans doute. Je lui appartiens donc... elle peut m'ordonner les travaux les plus rudes, elle peut même disposer de ma vie... c'est son droit... Mais disposer de mon cœur, toute grande et toute puissante qu'elle soit, elle ne le peut pas... un cœur ne s'achète pas... et, pour moi, j'aime mieux mourir en me plongeant ce couteau dans le cœur que de donner mon corps à un homme quand mon cœur appartient à un autre...

— Ton cœur appartient à un autre! murmura sourdement le sultan, et tu oses me l'avouer!

— Pourquoi pas? répondit Naoura avec calme et fierté... Quelque pauvres que nous soyons, notre cœur et notre âme nous appartiennent, et nous n'avons à en rendre compte qu'à Dieu...

— Et quel est cet homme que tu aimes et que tu me préfères? C'est sans doute un seigneur de ma cour.

— Non, c'est un simple paysan comme moi, enfant de la Circassie.

— Et tu refuses de devenir ma femme pour épouser ce paysan?

— Oui, car à ce paysan mon cœur s'est donné, et celui que l'on aime,

croyez-moi, Altesse, est toujours le plus
grand, le plus beau... »

Le sultan croyait rêver... ce langage
était tout à fait nouveau pour lui. Le
dépit, la colère, un peu aussi l'admiration, se partageaient son cœur.

« Comment se nomme-t-il? où l'as-tu
connu? » demanda-t-il d'une voix brève
et impérative.

Naoura raconta en quelques mots l'histoire de ses amours avec Réoff, et comment leur projet de fuite avait été dé-
joué par son père, qui était venu la
vendre.

« Que maudits soient du Prophète, ajou-
ta-t-elle avec feu, ceux qui trafiquent de
nous, créatures ayant une âme et un cœur
aussi bien qu'eux, comme si nous étions
de vils animaux!... Mais, au moins, si

notre corps leur appartient, ainsi que
notre vie, qu'ils nous laissent notre
cœur ! »

Elle était belle, animée par l'indigna-
tion et la colère... Le sultan lui jeta un
regard plein de passion.

« Écoute, Naoura, on m'a peint à toi
comme un maître despote, cruel ; mais si
tu voyais qu'on t'a trompée, si je t'en-
tourais de soins et de tendresse, n'ou-
blierais-tu pas un jour ce jeune homme,
ne consentirais-tu pas à devenir ma favorite adorée ?

—Non, répondit-elle d'une voix ferme ;
puis plus doucement elle ajouta : Posséder le corps d'une femme sans posséder
son cœur ne doit pas être un bonheur
réel, croyez-moi. »

Elle était toujours là, droite, son couteau à la main, le front haut, les yeux pleins de défi.

Le sultan la considéra encore; ses yeux, par moments, brillaient de fureur; à le voir, on aurait dit le lion regardant avec rage les barreaux de fer, vil métal, qui osent le défier et l'empêchent de se précipiter sur la proie qu'il convoite.

Après un moment de silence, Sa Hautesse, d'un geste impérieux, lui montra la porte :

« Allez, et rentrez dans votre appartement : bientôt vous saurez comment se venge un sultan que l'on ose offenser. »

Elle sortit en s'inclinant profondément.

———

Dans un charmant petit yalli situé au bord du Bosphore, dont les vagues vien-

nent se briser sous ses croisées, une jeune
femme est languissamment étendue sur
un divan; elle tourne et retourne dans
ses doigts un chapelet en corail, sans
doute pour tuer le temps, car elle a l'air
d'être atteinte d'un profond ennui. Une
vieille négresse entre :

« Maîtresse, veux-tu des confitures?
veux-tu des cigarettes?

— Non, répond-elle d'une voix do-
lente.

— Mais fume au moins une cigarette
pour te distraire, insiste l'esclave.

— Me distraire, dis-tu?... Est-ce que
quelque chose saurait me distraire?...
Seule, enfermée ici depuis un grand mois,
ne sachant rien du sort qu'on me ré-
serve, sans nouvelles de ceux que j'aime,
mon cœur se serre, mon esprit s'alour-

dit ; je n'ai plus la force d'espérer, et encore moins celle d'essayer de me distraire. »

Cette femme, c'était Naoura. Le lendemain du soir où elle eut cette scène avec le sultan, par l'ordre de celui-ci deux eunuques l'avaient amenée dans ce yalli ; là, on l'avait laissée avec cette vieille négresse et un eunuque. Tous deux avaient l'ordre de ne point lui permettre de sortir, mais d'avoir pour elle des soins et des égards.

Elle s'était d'abord perdue en conjectures sur les intentions du sultan en l'enfermant dans cette prison, qui, pour être jolie et élégante, n'en était pas moins une prison, et une prison est toujours chose fort désagréable. Peu à peu la solitude, le chagrin de penser que son

Réoff était, hélas! perdu pour elle, l'avaient jetée dans un état d'accablement dont elle n'essayait même plus de sortir.

La négresse était bonne; elle s'attristait en la voyant ainsi. Ce jour-là, ne pouvant obtenir qu'elle goutât aux confitures et au sirop qu'elle lui apportait, elle sortit en murmurant :

« Pauvre petite ! l'amour la tuera !...

— Oui, se dit Naoura, ma position est insupportable... Suis-je destinée à passer ma vie entière ainsi enfermée?... Ah! mon Réoff, où es-tu donc?... Ne viendras-tu pas m'enlever d'ici?... »

Au souvenir de son bien-aimé, un éclair jaillit de ses yeux.

« Si je ne dois plus le revoir, ô mon Dieu! faites-moi mourir, murmurait-elle.

Peut-être que dans le paradis du Prophète je le retrouverai. »

Puis elle pensait à ces paroles du sultan : « Vous saurez de quelle façon se
venge un sultan que l'on ose offenser ! »

« Quelle est donc la vengeance qu'il
médite à mon égard?... S'il veut me
laisser passer ma vie entière ici, cette
vengeance sera terrible, car je deviendrai folle de découragement et d'ennui. »

Elle se remit à égrener son chapelet,
l'invoquant pour savoir si elle reverrait
celui qu'elle aimait, quand soudain elle
tressaillit.

Une voix qui vibra dans son cœur
faisait entendre, sous ses croisées, un
refrain bien connu d'elle, un refrain
que les Circassiens chantaient en gar-

dant leurs troupeaux dans la montagne. Cette voix, c'était celle de Réoff.

Elle courut à la fenêtre et l'ouvrit. Dans un caïque, à dix pas d'elle, était son bien-aimé. Le bonheur est parfois au-dessus des forces humaines; il tue aussi bien que la douleur. Naoura, en voyant Réoff, poussa un cri, étendit les bras vers lui et s'affaissa sans connaissance. Celui-ci, épouvanté, fit avancer le bateau, se cramponna au mur, et, dans une seconde, il fut près d'elle; il la souleva, porta sa main sur son cœur : il battait encore. Alors il la pressa dans ses bras, appuya ses lèvres brûlantes sur son front glacé.

« Naoura, ma chère Naoura, balbutia-t-il à son oreille, me voilà; reviens à toi!... Nous ne nous quitterons plus; tu seras ma femme...

Elle rouvrit les yeux. En apercevant là, à ses pieds, celui qu'elle croyait perdu pour elle, une expression d'ineffable bonheur se répandit sur ses traits. Lui passant ses bras autour du cou et l'attirant vers elle, elle lui dit : « Je t'aime!... Oh! j'ai bien souffert... Fuyons vite pour qu'on ne nous sépare plus... » Toutes ses idées lui revenant, elle reprit en se levant : « Oui, Réoff, fuyons tout de suite... Il veut se venger, il l'a dit, lui, le sultan; il te tuerait... »

Et comme le jeune homme souriait tranquillement, elle continua avec feu : « Viens, te dis-je, fuyons ; prends-moi dans ta barque, je passerai par la croisée... car mes gardiens vont venir, et alors il ne sera plus temps; il nous ferait tuer tous les deux; il a dit, vois-tu, que je saurais comment un sultan se venge.

— Oui, vous allez le voir tout de suite, mon enfant, » dit en entrant subitement dans l'appartement un personnage qui n'était autre que le sultan.

Naoura se sentit frémir d'épouvante ; elle se serra contre Réoff.

« Savez-vous comment je me suis vengé, moi, despote cruel? Après votre aveu, j'ai envoyé en Circassie un homme de confiance chercher votre fiancé, qui était, ma foi, en train de mourir; pour le ressusciter il n'a fallu rien moins que l'assurance d'être amené près de vous... Maintenant, je le mets à vos pieds, en lui disant : Aimez et rendez heureuse la femme que je vous donne, car elle le mérite; elle vous aime comme bien peu de femmes aiment...

Pour vous elle a dédaigné un sort que
tant d'autres envient ; pour vous rester fidèle, elle a bravé courageusement
mon courroux et s'est exposée à une rude
disgrâce.

« Je lui dis cela, à lui, et à vous, Naoura, je dis que vous avez raison : posséder
la femme sans posséder son cœur n'est pas
un bonheur. Je préfère le contentement
que j'éprouverai en vous sachant heureux
à la jouissance qui m'aurait laissé le remords d'avoir fait le malheur d'une pauvre fille.

« Maintenant, mes enfants, vivez con-
tents et en paix, et croyez bien que tous
les sultans ne sont pas despotes et cruels.

« Je te donne une place dans mon armée, Réoff ; et toi, Naoura, je te donne
ce yalli et ces cent cinquante mille pias-

tres pour ta dot. » Ce disant, il lui offrit
une lourde bourse.

Nos deux amoureux se prosternèrent
aux pieds de Sa Hautesse. Ils ne savaient
par quels mots lui exprimer leur reconnaissance, mais les larmes qui brillaient
dans leurs yeux prouvèrent au sultan qu'il
n'avait pas fait des ingrats...

Notre monarque quitta Naoura et Réoff
le cœur content... « Décidément, se dit-
il, faire le bien est une chose agréable
au Prophète, car il nous en récompense
immédiatement.

Le lendemain même les deux fiancés
furent mariés par le kadi.

Dès ce jour, tout leur sourit. Réoff
fut nommé officier dans l'armée et avança
rapidement... Son ancien maître, de qui
il avait gardé un si parfait souvenir, fut

appelé par ses fonctions à Constantinople ; ce fut une grande joie pour lui de le voir et de le remercier : il lui devait aussi un peu son bonheur.

Une seule pensée répandait parfois un voile triste sur le front du mari de Naoura... C'était celle que cette sœur qu'il aimait tendrement était peut-être éloignée de lui pour toujours.

Un jour, un de ses camarades de l'armée, parlant de sa jeune femme, lui dit :

« Elle est votre compatriote, mon Ismeet ; les montagnes de la Circassie lui ont donné le jour.

— Votre femme se nomme Ismeet, dites-vous ? s'écria Réoff en pâlissant.

— Oui. Pourquoi cela vous étonne-t-il ? demanda l'officier.

— Mon ami, je vous en conjure, conduisez-moi vers d'elle. Depuis sept ans je cherche à découvrir ce qu'est devenue ma sœur, qui se nommait Ismeet, et qui a été vendue à la même époque que moi.

— Venez, venez, mon ami : je serais enchanté que, déjà frères par l'amitié, le hasard nous eût faits frères aussi par la famille. »

Ce fut avec un fort battement de cœur que Réoff se rendit dans la maison de son camarade. Celui-ci lui amena sa femme voilée.

Réoff lui demanda à quelle époque elle avait été vendue. « Il y a près de sept ans, lui répondit-elle.

— Soyez assez bonne pour rappeler vos souvenirs, lui dit Réoff. Dans quelles circonstances avez-vous été vendue?

— Oh! répondit la jeune femme, c'est

un bien cruel souvenir pour moi. Un jour,
j'étais toute petite, nous rentrions à la
maison, mon frère et moi.

— Votre frère?

— Oui, de quatre années plus âgé que
moi. Ma mère pleurait, criait; mon père
l'a entraînée dans un autre appartement;
puis un vilain homme nous a emmenés,
Réoff et moi.

— Ma sœur, mon Ismeet!... » s'écria
Réoff en la pressant sur son cœur.

C'était elle, bien elle, qu'il retrou-
vait. Rien ne manquait plus à sa félicité...

Leur première émotion de bonheur
passée, Ismeet lui dit :

« Écoute, frère, laisse-moi te raconter
ma vie depuis que nous avons été sépa-
rés au marché, et tu verras combien tu
dois chérir et mon époux, et celle qui est

pour moi non pas une belle-mère, mais une mère affectueuse et bonne.

« Après que ce monsieur t'eut acheté, toi, je restai à sangloter et à me tordre les bras du désespoir de me voir restée seule au milieu de ces figures étrangères ; je faisais des efforts désespérés pour m'échapper de leurs mains et courir après toi. Le marchand, ennuyé de mes cris, se mit à me battre. Une dame passait : elle s'arrêta, me considéra avec pitié, essaya de me consoler. Elle avait l'air bon. Je tendis les bras vers elle. Elle m'acheta. Te dire combien elle a été bienveillante pour moi est impossible ; elle m'a traitée comme sa fille, et non comme une esclave ; elle m'a fait élever, et lorsque son fils, revenant de l'armée, lui a dit : « Mère, j'aime Ismeet ! » elle a répondu : « Épouse-la, je l'aime déjà comme « ma fille ! »

« Il m'a épousée, et je suis la plus heureuse des femmes. Une seule chose manquait à mon bonheur, c'était de savoir ce que tu étais devenu, frère!... »

Réoff serra avec effusion la main de l'époux de sa sœur ; ensuite il lui raconta son histoire, celle que je viens de vous narrer.

Ismeet et Naoura s'aimèrent, elles aussi, comme deux sœurs.

Les petits-enfants de Naoura apprennent encore aujourd'hui à leurs amis de quelle façon magnanime le défunt sultan Mahmoud s'était vengé des dédains de la belle Naoura, leur grand'mère ; ils me l'ont conté, et moi j'ai voulu vous le raconter aussi.

140 HEURES

DANS LE GOLFE DE LYON

AU MOMENT DES ÉQUINOXES

> Ah ! sur la mer si belle
> N'allez pas voyager :
> La mer est infidèle
> Et le temps peut changer.

AUX PASSAGERS A BORD DU *CHÉLIFF*
DU 14 AU 21 MARS 1863.

Vous le voyez, je tiens ma parole, j'essaye de retracer notre triste sort pendant cette fameuse traversée. C'est à vous, ô mes compagnons d'infortune, que j'adresse ces lignes, car vous seuls savez que le tableau que j'esquisse n'est point

exagéré. Mes autres lecteurs diront :
« Allons donc ! mais d'Alger à Marseille
c'est une promenade ! » Oui, une promenade pour ceux qui n'ont pas la male-
chance de tomber, pour la faire, sur les
jours d'équinoxe ; pour ceux qui n'ont
point... vous me comprenez, n'est-ce pas ?
cela me suffit ; pour ceux qui viennent
d'Alger en trente-huit heures ; ou enfin
même pour ceux qui, battus par la tempête, à moitié morts de fatigue, contu-
sionnés depuis le nez jusqu'aux pieds par
le roulis, mouillés, trempés jusque dans
leurs cabines, et cela depuis quarante
heures, quarante heures qui ne leur ont
pas fait faire dix lieues vers Marseille,
demandant à relâcher à Mahon, au lieu de
s'aventurer dans le golfe, ne reçoivent
pas la réponse aimable : « *Chacun son*

métier ; je sais ce que j'ai à faire!... »
C'est une promenade pour ceux qui,
tranquillement, s'en vont dans un port
attendre que les furies déchaînées dans
les airs, les furies déchaînées dans les
flots, se soient calmées... Mais pour ceux
qui, comme nous, hélas! passent cent
heures battus par les vents, par la mer
en furie, dans ce maudit golfe de Lyon;
enfin, pour ceux qui tournent et retour-
nent autour des Baléares, à la veille à
chaque instant d'aller rendre visite à
messieurs les Ondins et mesdames les
Ondinettes; pour ceux-là, la promenade
devient un affreux cauchemar.

Si mon esquisse, faite à la hâte, vous
paraît pâle et incolore, soyez indulgents,
car ma pauvre tête est bien avariée encore; j'ai toujours dans les oreilles le

12

bruit infernal de ce gouvernail que vous
savez!... J'entends toujours le bruit lugubre de l'hélice. Mes contusions sont
loin d'être guéries, je suis toujours
bleue, et je ne puis encore voir un *piano*
sans me sentir prise d'un petit frisson
d'effroi... Et vous autres, avez-vous fait
votre paix avec les pianos???

Pardonnez au décousu de ces pages.
Méfiez-vous de l'onde pure; souvenez-
vous que cette onde perfide, mille fois
plus perfide que la plus jolie femme, devient parfois furieuse et verdâtre; que
ces maudits Ondins, avec des yeux de
lynx, devinent alors qu'il y a une belle
et gracieuse passagère à bord d'un bateau, et, sans se préoccuper des Ondines
jalouses, ils se mettent à souffler la fureur dans les éléments, pour pouvoir

enfermer dans leurs grottes rocheuses l'objet de leurs désirs.

Car c'est à vous, madame L..., que nous avons été redevables, je gage, de cette horrible tempête. Les Ondins avaient aperçu vos beaux yeux couleur de l'onde, vos cheveux ressemblant à de l'or en fusion, votre taille souple et gracieuse, et ils voulaient, ces affreux diablotins, vous faire partager leur palais d'algues et de roches... Maintenant que je connais la façon d'agir et le cœur inflammable de ces habitants de la mer, plus je ne m'embarquerai sur un bateau possédant une jolie passagère.

Du reste, je dis et je redis :

> Ah ! sur la mer si belle
> Plus n'irai voyager :
> La mer est infidèle,
> Le bateau peut sombrer.

Ne me gardez pas rancune, Messieurs
et Mesdames, passagers des premières,
pour ce petit refrain que je vous ai parfois chantonné dans des moments inop-
portuns, au fort de la tempête. Pauvre
petit refrain! il vous mettait en fureur...
Que voulez-vous, je chantais parce que,
lors même que j'aurais pleuré, cela n'aurait pas fait changer le temps, ni empê-
ché l'eau d'embarquer, et de venir, furieuse et écumante, nous rendre visite.
Ensuite, je pensais que si je me présen-
tais à saint Pierre les yeux rouges, il se
dirait: « Que de péchés il faut qu'elle ait
sur la conscience pour avoir tant pleuré! » et qu'il pourrait bien ne pas m'ouvrir les portes du paradis.

Par conséquent, je trouvais plus prudent et plus agréable de rire, et je riais.

Sur ce, mes aimables compagnons d'infortune,

> Ah ! sur la mer si belle
> N'allez pas voyager, etc.

DÉPART D'ALGER.

SAMEDI 14 MARS.

Le sirocco souffle, la mer paraît assez mauvaise ; on l'aperçoit, sur les côtes, déferler, blanche et furieuse. Tant pis ! Il y a huit jours que j'attends qu'elle se calme, que le sirocco s'apaise... Alger n'est pas précisément un petit Paris. Partons, et vogue la galère, à la grâce de Dieu !

Du reste, je suis fataliste, je crois fermement que l'heure de la mort d'un cha-

cun est marquée, et que, si prudent
qu'il soit, la faux de la vieille mégère
toujours vient l'atteindre.

Forte de cette conviction, je me jette
tête baissée au-devant du danger... Ça
m'a toujours réussi, puisque me voilà.

Adieu donc aux minarets blancs, aux
rues sales et tortueuses, aux Moresques
aux grands yeux. Adieu, Afrique aux
montagnes, aux plaines où fleurissent et
mûrissent l'oranger, le citronnier, le ca-
roubier, le bananier.

Adieu, paysages charmants où, sous
un dattier, se repose un fier et courageux Kabyle; où le long des sentiers es-
carpés l'on aperçoit des Moresques se
balançant gracieusement sur le dos d'un
chameau, des Arabes accroupis sur de
pauvres ânes, d'autres les poursuivant,

les meurtrissant pour les faire avancer plus vite.

Les ânes m'ont donné une triste idée du bon cœur des Arabes : pauvres bêtes ! elles font pitié, elles ne sont que plaies... C'est dans ce pays-là qu'une loi en faveur des animaux serait nécessaire !

Adieu, Alger ! Malgré ton sirocco, je m'embarque.

Rien n'est animé comme le pont d'un navire une demi-heure avant le départ : les marins chantonnent en chargeant les marchandises ; les officiers vont et viennent, vêtus de leurs plus beaux costumes ; ils donnent des ordres.

Les passagers arrivent accompagnés de parents et d'amis ; on cause, on se dit adieu ; il y a quelquefois des adieux touchants mêlés de pleurs et d'embrasse-

ments. Puis la cloche sonne : c'est le signal, on se serre une dernière fois la
main, ceux qui ne doivent point partir
s'éloignent en envoyant un dernier salut
affectueux.

L'ancre se lève.

La machine vomit des flots de fumée
noire; les officiers montent sur la passe-
relle, ils commandent les mouvements
pour la sortie d'un air crâne et enchantés d'eux-mêmes.

C'est le moment où les passagers com-
mencent à s'examiner curieusement :
chacun est bien aise de voir quels sont
les compagnons de route que le hasard
lui a donnés.

Nous voilà sortis du port d'Alger. Le
vent souffle; on voit au loin la mer qui
moutonne sur les rives, on l'aperçoit qui

se brise blanche et furieuse : nous allons avoir une mauvaise traversée.

Justement j'entends un marin qui dit : « Nous allons gigotter ferme. »

Gigotter! gigotter! que diable cela peut-il vouloir dire?

Bah! demandons, c'est le plus court moyen de le savoir.

« Dites donc, mon ami, qu'entendez-vous par « Nous allons gigotter. »

— Cela veut dire, Madame, que nous allons danser ferme. »

C'est ennuyeux, d'autant plus que j'ai hâte d'arriver à Marseille; mais on a besoin de philosophie dans ce monde. Il faut vouloir ce qu'on ne peut empêcher : c'est la sagesse des nations qui dit cela.

Pour me distraire, je vais examiner mes compagnons de traversée... Ils se promènent sur le pont, lorgnette à l'œil, un livre à la main. Tiens! voilà une dame qui a un tricot.

Hum! je crois qu'elle n'y fera pas une maille; je crois même que ces messieurs liront peu. Le marin a raison, nous allons gigotter!...

Vrai, je crois qu'il aurait été plus opportun, au lieu de lorgnettes, de livres, de tricots, d'apporter un costume imperméable et des ceintures de liége. Après cela, il y a peu de femmes; les hommes sont si fortement trempés, ils ont tant d'énergie... Leur attitude calme et ferme rassurera les quelques femmes passagères...

Examiner mes compagnons de route est peu facile : tout le monde est sur le pont; impossible de deviner ceux qui sont aux premières. Attendons le premier repas sur l'arrière-pont. Voilà cent fidèles musulmans accroupis par terre, empaquetés dans leurs burnous. Ils vont faire le pèlerinage de la Mecque. A côté d'eux, quarante-deux militaires ; ils ont l'air malade : ce n'est pas étonnant, j'entends dire qu'ils s'en vont en France, en congé de convalescence.

« Monsieur le marin (c'est un zouave qui parle en regardant l'onde d'un air méfiant), Monsieur le marin (c'est à un matelot qu'il s'adresse), dites-moi donc, est-ce que la mer est bien profonde?

— Dame! Monsieur le soldat, ça dépend des endroits; par ici elle a bien quelques belles centaines de brasses.

— Centaines, dites-vous!... ouf! Parlez-moi du plancher des vaches; moi, voyez-vous, je préfère cela. »

Sur l'entrepont, on commence à ne plus avoir le pied trop marin. Patatras! voilà une dame qui perd l'équilibre et s'étend tout de son long, sans songer qu'elle porte une crinoline. On rit : c'est toujours comme cela; les chutes font rire, pas les maris, bien entendu.

Ah! grand Dieu, quel affreux spectacle!... Où me cacher, où me réfugier?

Voilà le mal de mer qui commence à faire des siennes. Ah! c'est bien un mal dépoétisant! Enfin chacun s'en va se coucher dans ces boîtes que l'on nomme des lits, mais qui ressemblent bien plutôt à des caisses de morts. J'aimerais mieux rester dix jours debout que de me coucher là-dedans... Me voilà seule sur le pont... Tant mieux, car les gens pris de mal de mer ne sont pas des voisins supportables. Au-dessous, sur le pont, les militaires se tordent, crient à qui mieux mieux. Sont-ils malades, ces pauvres gens!... Les Arabes le sont aussi, mais ils sont stoïques et silencieux dans leur souffrance.

On ne dira pas aujourd'hui que la mer est calme comme l'huile. Le vent souffle; les vagues bondissent furieuses : crac, en voici une qui vient désagréablement me caresser et me donner une douche... Et ces pauvres soldats, et ces malheureux Arabes, les voilà déjà trempés.

L'eau embarque... cela promet!...

DIMANCHE 15 MARS.

Cela promettait et cela tient... Quelle nuit nous allons passer! Impossible de rester dans l'intérieur du bateau : le mal de mer sévit d'une manière épouvantable. Un mot au sujet du mal de mer. Je soutiens que c'est la peur de ce mal qui le donne. Pour moi, je m'étais dit que je ne l'aurais pas, et je ne l'ai pas eu.

Le dîner, ce soir, a été amusant Comme passagers, il y avait moi, qui avais un appétit de loup, le commandant et le docteur. Le docteur a de l'esprit, il cause agréablement et me paraît bon enfant... Le commandant est sérieux, grave et hautain : après cela, c'est permis à un commandant. Comme il ne parle pas,

j'en suis réduite à examiner la conformation de sa tête : front haut, tempes dépri-
mées et étroites. Lavater se prononce
très-carrément sur cette conformation
de front ; nous verrons s'il a toujours
raison. Malgré la table à roulis, bouteil-
les, carafes, dansent la polka. Quel
malheur que nous n'ayons pas un pho-
tographe ! Mais non, car, lors même
que nous en aurions un, il ne pourrait,
hélas ! opérer... Oui, un dîner à bord,
avec un fort roulis, offre un coup d'œil
pittoresque. Sur la table, les tasses, as-
siettes, carafes, salières, sautent, dé-
gringolent ; on est aspergé tantôt par
un verre de vin, tantôt par un po-
tage, etc... Chacun tient son assiette
à la main, on essaye de suivre le balan-
cement du bateau ; enfin, il faut autant

de patience que d'adresse pour parvenir
à manger.

Le capitaine en second est M. de Lu-
guiere, un brave marin, jurant comme un
vrai loup de mer. C'est lui que notre Em-
pereur a décoré de sa main, il y a quelques années, pour lui témoigner toute son
estime pour la façon courageuse et cheva-
leresque avec laquelle il s'est conduit dans
plusieurs naufrages, notamment dans celui du *Lyonnais*, où il a sauvé d'une mort
certaine dix-sept passagers, dont trois
femmes. Sa présence m'inspira de la confiance, car enfin on ne sait pas ce qui
peut arriver.

On m'a donné une cabine où je suis
horriblement mal ; mes voisins ont le mal
de mer, et puis il y a dans le bateau une
odeur d'huile détrempée peu agréable.

Que faire? M'adresser au commandant, à
qui on a bien voulu me recommander? Il
va m'envoyer promener. Je vais m'adresser au second.

« Monsieur le capitaine?

— Madame?

— Je suis souffrante, j'ai le sang à la
tête, une hypertrophie au cœur. Il m'est
impossible de rester dans le bateau.

— Je le sais, madame; M. H..., qui
vous a recommandée au commandant,
nous l'a dit, et, si le commandant le per-
met, je vous céderai ma cabine, qui est
sur le pont.

— Merci, capitaine, j'accepte, et vous
cède la mienne.

— Merci, à mon tour, madame; mais
la mer est mauvaise, probablement je
passerai ma nuit sur le pont. »

Je m'installe dans la cabine du capitaine sans le moindre scrupule de l'en
priver. On y est très-bien ; elle est sur le
pont même ; je n'ai qu'à franchir la porte
et je suis sur le pont. Deux fenêtres
ayant vue sur le pont me donnent de
l'air, de l'eau aussi, car voilà une vague
qui vient me rendre visite. Ma foi !
j'aime mieux cela que le voisinage de
gens pris du mal de mer. Dans quel état
ils sont ces pauvres gens !...

De mes fenêtres, de ma porte, je vois
la manœuvre des matelots : cela me distrait. Je resterais un mois à bord, qu'il
me serait impossible de faire ce que font
certaines passagères, qui se déshabillent,
se mettent dans ces caisses qu'on nomme
lits, et dorment tranquillement. Pour
moi je reste habillée, prête, à la moin-

dre alerte, à aller voir ce qui se passe.

Le pont offre un spectacle navrant :
l'eau embarque par l'avant ; elle vient se
briser sur le pont, furieuse et écumante.
Il fait un froid glacial... Quatre-vingt-
dix Arabes, quarante-cinq militaires revenant en congé de maladie, trois malheureuses femmes, vêtues de vieilles ro-
bes d'indienne, empaquetées dans une
mauvaise couverture, sont là couchés
sur le pont, sans tentes, sans rien pour
les protéger... Ils sont littéralement couchés dans l'eau. S'ils veulent se relever,
le vent, le roulis, les vagues, les jettent
par terre. Tout cela malade du mal de
mer, par-dessus le marché... C'est à faire
pitié. Le roulis est si fort qu'il est impossible de se tenir ni couché ni assis ; je
me cale (expression de bord) sur la porte

et-je passe ma nuit là... Une tempête en
mer, c'est superbe! Le vent, en secouant
les voiles et le bateau, fait une musique
étrange; les vagues se choquent, s'en-
tre-choquent, font un bruit lugubrement
beau... Au milieu de la tempête, l'officier de quart élevant la voix pour com-
mander la manœuvre, c'est l'homme lut-
tant contre les éléments déchaînés. Oui,
c'est superbe! si j'étais peintre, je pein-
drais des marines... là est la vraie, la
grande poésie; là, le beau, le gracieux,
coudoie l'horrible, le palpitant, le lugubre... En fait de lugubre, le pont ne l'est
pas mal. A chaque vague qui saute
pardessus le pont, les Arabes crient :
« Allah! Allah! » tous ensemble; les militaires, par contre, lancent des jurons
énergiques... Les Arabes sont musul-

mans, ils se recommandent à Dieu; ces
militaires sont catholiques, ils lui jettent
une insulte... C'est triste à remarquer,
mais le chrétien est le moins dévot de
tous les hommes.

Allons! voilà des vagues qui arrivent
de l'avant, des côtés; il y a plus d'un
demi-mètre d'eau sur le pont. Dix soldats ont eu leurs couvertures emportées
de dessus le dos : elles sont allées se
promener sur la mer en compagnie des
besaces qui contenaient les provisions
de ces malheureux Arabes. Pauvres
gens!

Voilà l'aube qui se lève... Il fait un
froid digne de la Sibérie... Quelle nuit!
Je l'ai passée tout entière à la porte de ma
cabine, où l'on a mis une planche pour
que l'eau n'entre pas.

13.

Les militaires font pitié. Pâles, blê-
mes, ils ont les lèvres bleuies ; ils es-
sayent de se lever pour se sécher. — Et
ces pauvres femmes, elles sont à moitié
évanouies !

Une idée ! je vais distribuer une bouteille d'eau-de-vie aux militaires, cela
les réchauffera. Je la donne à un gen-
darme, il en fait servir un verre à chacun, et vient me remercier au nom de
tous les soldats... Cela les a un peu remis...

Les directeurs des Messageries font ce
qu'ils peuvent pour les passagers des
troisièmes classes, car ils laissent au
commandant la latitude de faire descendre
aux secondes tous ceux qui sont malades. J'ai vu moi-même le commandant
Courrier dire au docteur : « Ces pauvres

soldats, ils sont mouillés, trempés! Allez
les voir, faites descendre les plus souf-
frants. » Et lui–même a été leur faire arranger une voile en guise de tente pour
les protéger le plus possible.

Mais tous les commandants ne se ressemblent pas; il y en a qui, à la place du
cœur, ont une copie de leur règlement;
ils l'interprètent à la façon dont certains
soldats interprètent leur consigne; ils
passent sur le pont sans jeter un regard
de pitié sur personne.

Rien n'est insupportable comme de
voir souffrir. Et ces trois pauvres femmes, là aussi sur le pont, elles sont à
moitié mortes... Ma foi! je vais prier
le commandant de faire descendre au
moins les femmes aux secondes. Le voilà!

« Monsieur le commandant...

— Madame...

— Ces pauvres militaires ont passé une nuit atroce ; ils sont mouillés, trempés ; toute la nuit les vagues sont entrées sur le pont... S'ils passent encore une nuit là, il en mourra la moitié.

— Que voulez-vous que j'y fasse ?

— Mais... les faire descendre !

— Mon règlement s'y oppose.

— Pourtant, lorsque la mer est aussi mauvaise qu'elle l'est et qu'il y a danger pour eux ?

— Mon règlement ne prévoit pas cela.

— Mais, commandant, l'humanité ?

— Je ne connais que mon règlement. (Je commence à m'impatienter.)

— Mais, commandant, vous n'avez pas de cœur !

— Très-peu, Madame. On en a quand

on fait la première traversée, à une seconde on le perd.

— Mais au moins, commandant, faites descendre ces trois malheureuses femmes. Voyez-les, elles sont pâles, plus qu'à moitié évanouies !

— Non, Madame, je ne les ferai pas descendre; elles ont pris des places de troisième, elles y resteront; elles n'avaient qu'à prendre des places de seconde, elles ne seraient pas là.

— Mais les malheureuses n'avaient probablement pas assez d'argent pour cela !

— Tant pis pour elles, cela ne me regarde pas. »

Le commandant a tout l'air de me dire : « Et vous vous mêlez de ce qui ne vous regarde pas. » Je me tais, et me dis : Je me souviendrai.

La mer devient toujours plus mauvaise. Il y a au premier des gens sérieusement malades, entre autres un homme à demi mort. L'eau entre dans le bateau de tous côtés; impossible de rester ni couché ni assis. J'appelle un marin.

« Mon ami, comment trouvez-vous la mer?

— Atroce, Madame; depuis vingt ans que je navigue, je ne l'avais jamais vue si mauvaise.

— Et dans le golfe, comment croyez-vous qu'elle sera?

— Ah dame! dans le golfe, si nous y entrons, je ne sais pas si nous en sortirons.

— Diable ! voilà qui est peu rassurant. »

Je me dis tout bas : Mais nous sommes près du Port-Mahon, sans doute le commandant va y relâcher, car ce serait folie d'entrer dans le golfe avec un temps pareil : nous sommes au moment des équinoxes, et ce maudit golfe, qui fait toujours des siennes, va s'en donner à cœur-joie ces jours-ci. Du reste, le commandant sait bien que la machine du *Chéliff* n'est pas fameuse; elle a 120 chevaux de force en moins de ce qu'il lui en faudrait pour celle du bateau, ce qui fait qu'elle ne peut pas couper les vagues, et ce pauvre *Chéliff* danse une sarabande effrénée; et puis plusieurs hommes de l'équipage sont déjà malades, et pour ces traversées, si courtes ordinairement, il n'y a qu'un petit personnel. D'ailleurs

nous ne sommes par sur un bateau de
guerre, mais sur un bateau pour le
service des passagers; or les passagers
sont à moitié morts : assurément nous
relâcherons.

Précisément voici des passagers qui se
trouvent sur le pont.

« Va-t-on vite relâcher? » demandent-
ils. Quelle figure ont ces pauvres gens!

Voilà le commandant, je vais le lui demander; et je me dis : Cette fois-ci, il
ne pourra pas dire que cela ne me regarde
pas, car enfin aller, oui ou non, au fond
de l'eau, m'intéresse beaucoup.

« Monsieur le commandant?

— Madame?

— Vous le voyez, la mer est épouvantable; toutes les cabines sont remplies
d'eau; il y a des passagers gravement

malades, tous les autres ne sont pas à leur aise. Nous espérons, et nous vous en prions, au besoin, relâcher à Mahon, pour nous reposer quelques heures.

— Non, Madame, nous ne relâchons pas.

— Mais, commandant, quand la mer est aussi affreuse ici, que sera-ce dans le golfe ! C'est le moment des équinoxes, et puis tous les passagers sont à moitié morts.

— Je n'ai pas à me préoccuper des passagers, je n'ai à me préoccuper que des dépêches, auxquelles je ne saurais occasionner une heure de retard sans manquer à mon règlement. »

Tous les passagers furieux :

« Alors, commandant, nous sommes des colis à bord ?

— Je ne dis pas cela, mais je n'ai pas à me préoccuper des passagers.

—Enfin, commandant (c'est votre servante qui parle), nous vous prions encore de relâcher.

— Chacun son métier, Madame ; je sais ce que j'ai à faire.

— « Et moi aussi. »

Sur ce, le second vient prendre les ordres du commandant Fabre, qui lui dit : « Nous ne relâchons pas, allez. »

Les matelots allongent la mine, les passagers en font autant.

Cette nuit nous serons dans le golfe. Où es-tu donc, mon joli et solide *Simoïs?* Que je voudrais bien ne pas être à bord du *Chéliff*, commandant Fabre!

LUNDI 16, MARDI 17, MERCREDI 18 ET JEUDI 19 MARS,

Nous voici donc dans l'aimable golfe
de Lyon... Je n'ai pas le courage de trop
me plaindre. C'est horriblement beau !...
Figurez-vous un bateau dont tous les
mâts craquent, dont le gouvernail grince
d'une façon lugubre ; les vagues dépas-
sent le bateau, qui a l'air d'une coquille
de noix perdue dans l'Océan ; elles entrent furieuses tantôt par l'avant , tantôt
par les côtés, et en un instant le font
disparaître sous l'eau.

Le golfe est en feu ; les vagues, se brisant sur le pont, produisent des effets de
phosphore : on dirait le bateau en plein
incendie. A chaque vague plus forte,

les quatre - vingt - dix Arabes crient :
Allah ! Allah ! .. Ce cri a quelque chose
de lugubre et de triste... Les militaires,
eux, jurent, blasphèment. Les matelots
entremêlent leur manœuvre de jurons
énergiques. Ça va mal!... N'allons-nous
pas sombrer?... Les marins n'ont pas l'air
d'être rassurés du tout.

Un mot sur les passagers :

Mme L... et son père M. D... sont comme moi, ils prennent leur mal en patience ; mais les autres sont réellement
bien amusants. Ils n'ont plus figure hu-
maine : ils grincent des dents, ils gre-
lottent... La peur ne rend pas les hommes
séduisants !... Que l'on vienne encore
me dire que l'homme a de l'énergie et du
courage en face du danger... Nenni...
L'un crie : « Ma mère! ma mère! .. »

Bon! en voilà un qui se précipite sur sa
sœur en criant : « Ma sœur, mourons
ensemble!... »

Ho! voici une lame solide; j'ai cru
qu'elle enfonçait le bateau. Les matelots
ont été obligés de se jeter sur le pont
pour n'être pas emportés par elle. L'officier de quart a bien failli, lui, être em-
porté... C'est égal, il chante... Quel
heureux caractère! A la bonne heure!...
Car, enfin, peut-on lutter contre cette
affreuse tempête? Non. Eh bien! à quoi
sert de se désoler? Autant vaut mourir
gaiement.

La nuit est passée, voilà l'aube qui se
montre. Le ciel est gris, de gros nuages
noirs tachent le ciel. La journée ne sera
pas plus belle que la nuit.

Voyons la mer. Toujours aussi mauvaise... Et quel vent, grand Dieu! Il
souffle avec une furie épouvantable.

« Dites donc, matelot, croyez-vous
que la tempête se calmera?

— Ça n'en a pas l'air, Madame.

— Diable! mais alors nous sommes
pour longtemps dans le golfe...

— Heureux si nous en sortons!

— Ah! ah! vous croyez donc, mon
ami, que nous pourrions sombrer?

— Dame! vous avez vu le temps de
cette nuit : la brigantine a été emportée,
la machine n'est pas fameuse, et, l'eau
entrant de cette façon, une lame plus
forte ou deux se succédant rapidement
peuvent bien nous couler.

— Quelle agréable perspective!... Si

l'eau était chaude, au moins!... Est-ce
que le bateau met longtemps pour sombrer ?

— Trois ou quatre minutes.

— Mais aurions-nous le temps de
mettre en mer les embarcations?

— Ah bien oui!... Et puis, à quoi ser-
viraient-elles avec une mer pareille? »

Me voilà fixée... Ma conviction est
que, sur le grand-livre, l'heure de la fin
d'un chacun est marquée. A quoi bon se
désoler? Cela ne mène à rien... Et puis,
à tout prendre, un lit de roches, de perles, de corail, d'algues, est plus sédui-
sant qu'un affreux trou dans la terre...
A la grâce de Dieu !

Je vais continuer mes études sur les
passagers. Je tiens surtout à étudier l'effet
de la peur sur les hommes. D'abord, sauf

M. B... et les officiers, bien entendu, il n'y en a pas un qui ait la plus petite dose de courage, et la peur ne les rend pas aimables du tout. Cette nuit, deux jeunes gens, dont un étudiant en médecine, étaient pâles comme des morts et prêts à s'évanouir.

« Mais, Messieurs, leur ai-je dit, prenez un peu de courage. Nous ne risquons rien.

— Nous prenez-vous pour des imbéciles ? Nous voyons bien que nous allons sombrer.

— Eh bien, Messieurs, si vous n'êtes pas des imbéciles, vous êtes des hommes... Ayez du sang-froid et du courage.

— C'est facile à dire. Si vous avez envie de mourir, nous n'en avons pas envie, nous, et il n'est pas donné à chacun d'avoir votre insouciance. »

Ma foi, je les laissai à leur peur. Tant pis pour eux.

Un docteur, passager, est là aussi. A-t-il peur! est-il drôle!

Ils ressemblent tous à des spectres; ils vont et viennent en se cramponnant, car les promenades ne sont pas faciles.

L'un des passagers, M. K..., est bien le meilleur enfant du monde. Il a peur, il a très-peur, il l'avoue naïvement; mais la peur lui laisse son bon et heureux caractère. Et moi, je ris de sa peur...

Le voici.

« Eh bien! monsieur K..., comment cela va-t-il?

—Mal, Madame; je grelotte de peur. »

14

Je ris aux éclats, car, en effet, il a bien l'air de grelotter de peur.

« Mais écoutez donc, il vaut autant mourir ici en cinq minutes que dans son lit avec une affreuse agonie.

— Mais je ne veux pas mourir, moi, Madame : j'ai des enfants, une famille... Mon Dieu! mon Dieu! pourquoi suis-je allé à Alger?... Car enfin rien ne m'y appelait... J'étais heureux et tranquille à Paris... Un ami me dit : « Je vais à « Alger, viens donc : c'est un beau pays. » Et bêtement je m'embarque.... pour venir mourir ici.

— Bah! il faut avoir bon espoir : il n'est pas dit que nous mourions.

—Ah! j'en ai peur, bien peur!

— Essayez de dormir, vous oublierez votre peur.

— Oui! il y a bien moyen! On ne peut tenir ni couché ni assis, et l'eau entre dans ma cabine; mon lit même est tout trempé. »

Ma foi! ce n'est pas gai à bord. Tout le monde pleure, gémit. C'est énervant...

Je vais chanter. Précisément le mécanicien est musicien.

Nous voilà chantant le duo d'*Haydée* :

> C'est la fête au Lido,
> La fête dont Venise raffole.
> Etc , etc., etc.

Les passagers nous regardent de travers; ils trouvent le moment mal choisi.

Tant pis, nous continuons.

Ce qui est affreux, c'est que le roulis est si fort que l'on ne peut même changer de linge; il faut rester mouillé, trempé... J'ai voulu tantôt changer de chaussures, je suis tombée tout de mon long ; j'ai cru avoir la tête fendue...

Voilà la nuit qui revient... Où sommes-nous ! Du diable si je le sais et si le commandant s'en doute ! Nous sommes aveuglés par une poussière d'eau qui fait que l'on n'y voit goutte à deux pas.

La tempête nous a-t-elle jetés, poussés vers Constantinople ? Sommes-nous retournés à Alger ?... Je n'en sais rien... ni les marins non plus. On sonde de temps en temps, pour voir si l'on ne va pas échouer sur une côte des Baléares.

Quelle nuit, grand Dieu, quelle nuit ! C'est archilugubre !

La machine est dans un triste état ; à chaque instant il faut stopper pour la réparer. Si elle se détraque en plein, adieu

la vie !... Les journaux diront : « Le
bateau *le Chéliff* s'est perdu ; aucun des
passagers n'a été sauvé !... »

Et tout sera dit.

Je suis dans ma cabine, sur le pont,
avec Mme L... Elle a peur ; je cause et ris
pour la distraire, et comme elle a un heureux caractère, j'y parviens. Je fume une
cigarette.

« Comment, Madame, me dit un passager, vous fumez, alors que dans un
instant nous pouvons sombrer !

— Raison de plus pour que je savoure
avec plus de délices cette cigarette, si
elle doit être la dernière. »

Mon passager s'éloigne en murmurant
que je suis folle, et me laisse avec Mme L...

Mais... mais, ça se gâte !

« Voyons, chère Madame, nous sorti-

14.

rons d'ici saines et sauves ; pourtant les précautions sont toujours bonnes et les crinolines complétement inutiles à bord du *Chéliff*. Si nous les quittions?

— Ah! mon Dieu! vous venez de dessus le pont... on vous aura dit que nous allions sombrer.

— Mais non... C'est une précaution, et puis la crinoline est gênante. »

Non sans nous donner bien des coups, non sans nous faire maintes bosses à la tête, nous parvenons à quitter jupes et crinolines : nous restons avec un pantalon et une robe, robe que nous pouvons rejeter facilement en cas d'accident.

« Voyons, n'êtes-vous pas de mon avis, qui est celui-ci : qu'il faut nous mettre bien avec les matelots, car il n'y a qu'une barque insubmersible, barque qui peut contenir vingt personnes au plus.

— Oui, oui, me dit Mme L...; allez leur distribuer de l'eau-de-vie, pour leur donner un peu de force et les réchauffer.

— J'y vais. »

Il est de fait que ce vent est très-froid et que l'eau n'est pas chaude.

Arrivée sur le pont, je crie au maître d'équipage :

« *Y anan ou y anan pas ?* » ce qui veut dire en français : Y allons-nous ou n'y allons-nous pas?

Les matelots, tous enfants de la Can—nebière, me répondent :

« Eh eh! Madame, le temps n'est pas beau..... Vous n'avez donc pas peur, vous?

— Bah! à quoi ça me servirait-il? »

Je leur donne une bouteille d'eau-de-vie en leur disant :

« Je suis là ; si une lame , la *fameuse*, arrive, prévenez-moi, je suis prête, car, vous le savez, je réclame une place dans la barque.

— Soyez tranquille, Madame, vous serez la première que nous essayerons de sauver.

— Merci, mes amis. Du reste, je nage comme un poisson. »

Ces bons matelots du *Chéliff*, je m'en souviendrai toujours. Ce sont de braves et excellents marins ; je les ai appelés mes amis, et franchement ils le sont. Je garderai toujours d'eux un bon souvenir ; et si j'avais l'occasion d'être utile à l'un d'eux, serait-ce dans dix ans , qu'il se présente et me dise :

« J'étais à bord du *Chéliff* en mars 1843, » je lui tendrai la main de grand cœur.

Il y a un petit mousse, de seize ans à peine, qui montre un courage inouï. Il est toujours à son poste ; il va prendre des ris aux voiles au péril de sa vie.

Brave enfant ! je lui souhaite une brillante carrière, et si jamais il devient amiral, j'applaudirai des deux mains.

Je rentre dans ma cabine, je prends un poignard dans mon sac et le mets dans ma poche ; ensuite je vais essayer de dormir, car je n'ai pas fermé l'œil depuis que je suis à bord du *Chéliff*, et je meurs de sommeil. Quel supplice de ne pouvoir dormir !... Et pourtant j'en ai tant besoin. Attachée sur mon canapé, tantôt j'ai les pieds à un mètre au-dessus de la tête, tantôt je me trouve toute droite ; et pourtant je m'endors... Mais ma voisine, elle, ne dort pas ; dès que je m'assoupis, elle me secoue, en me criant : « Nous sombrons ! » Quel réveil agréable !

J'ai beau lui dire que j'aime mieux sombrer en dormant, — car alors l'eau m'étouffera plus vite et je passerai de vie à trépas sans m'en apercevoir, — elle ne veut pas me laisser dormir.

Une voix crie : « Y a-t-il deux hommes au gouvernail ? » C'est M. K... L'idée est originale.

Je me rendors en riant de la demande de ce monsieur. Tout à coup les fenêtres de la cabine volent en éclats !

Brrr ! que l'eau est froide. En moins d'une minute, nous en avons cinquante centimètres dans la cabine ; elle s'engouffre dans le bateau. Voilà une visite qui va réjouir les passagers !

Les matelots crient, jurent.

Est-ce que réellement nous sombrerions?..

Nous nous démarrons à la hâte, et nous courons appeler le père de Mme L..., car mon avis est qu'il vaut encore mieux être sur le pont.

Arrivées à la salle à manger, le roulis nous renverse.

Un fracas, un bruit épouvantable, un craquement affreux, se font entendre.

Dame! j'en conviens, j'ai eu peur!

Je me soulève avec un regard effaré... Qu'est-ce? Le grand mât, bien sûr, qui est tombé en brisant tout.

Les passagers sortent de leurs cabines... Quelle mine ils ont ! Ils sont atter-

rés. « Nous avons sombré! » s'écrient en
chœur ceux qui peuvent encore parler.

Eh bien, non, nous n'avons pas sombré... Ce n'est pas même, comme je l'ai
cru, le grand mât qui s'est brisé. C'est...
vous ne devineriez jamais ce que c'est :
c'est un abominable piano !... Le roulis
a fait céder les anneaux de fer qui le retenaient, il est tombé en avant, a été en-
foncer la cloison d'en face, et le voilà qui,
au lieu de nous faire danser la polka,
la danse lui-même en démolissant tout
sur son passage. Allons, personne n'est
écrasé, il n'y a aucune jambe de broyée...
C'est miraculeux et très-heureux. Mais
je m'en vais sur le pont; j'aime mieux
rester là, il n'y a pas de piano. Et puis,
si nous sortons un jour de ce maudit
golfe, je serai contente d'avoir vu une

telle tempête, mais là, vraiment, ce qu'on appelle un horrible bourrasque.

Mais en sortirons-nous?... Franchement je ne le crois pas, et en tout cas je viens de faire mon acte de contrition... C'est égal, je fais la réflexion que ce n'est pas si difficile qu'on pourrait bien le croire de prendre son parti de quitter ce bas monde : je me suis résignée avec assez de philosophie.

C'est, après tout, un voyage comme un autre, plus curieux qu'un autre, car, grâce aux écrivains, plus aucun pays ne nous est inconnu, tandis que, de tous ceux qui ont passé la fameuse barque, pas un ne nous a envoyé sa relation de voyage.

C'est donc un monde vraiment neuf que nous allons habiter; c'est bien fait

15

pour exciter la curiosité, et je suis femme et curieuse. On peut se bâtir dans ce monde-là les plus jolis châteaux en Espagne. Pour moi, j'aime à me figurer :

Qu'il n'y a pas l'ombre d'un Mazas, pas le plus petit impôt ;

Que la sottise en sera bannie, en compagnie de ses compagnes inséparables : la médisance, la calomnie, l'envie ;

Que la politique y sera chose inconnue ; qu'en fait de rois, il n'y aura que celui élu gaiement le 6 janvier ;

Que chacun aura secoué à tout jamais l'affreux joug de ce tyran impitoyable que que l'on nomme or ;

Qu'en guise de turquoises, de rubis, de diamants, les femmes mettront pour se parer des roses, des violettes, des *vergiss-mein-nicht* ;

Que les femmes y prendront leur revanche de la tyrannie que leur ont im-
posée les hommes ;

Qu'à leur tour elles feront les lois, les
basant, non sur l'injustice, mais sur la
justice.

J'aime enfin à croire et à espérer que
le vieux petit bonhomme maigre, sec,
long comme un échalas, aura été jeté à
bas de ses échasses et rejeté bien loin de
ce paradis, et que notre commandant y
sera mis à l'école de la politesse.

Vraiment, nous avons si bien gâché,
avec notre civilisation, cette belle,
luxueuse, poétique, féerique et fertile
terre que Dieu nous avait donnée, que
nous en avons fait un séjour insupportable. Sommes-nous stupides, grand Dieu !
et comme les sages de la Grèce, du haut

de leur céleste demeure, doivent se mo-
quer de nous.

Mais me voilà sur le pont. Le golfe est
littéralement en feu. Ces effets phospho-
riques sont aussi curieux que beaux.
Crac, voilà un ras d'eau... Pauvre *Chéliff!*
il s'incline, il s'enfonce... Allons, à présent c'est la brigantine que le vent vient
d'emporter. « Arrêtez! arrêtez! crie le
mécanicien. Commandant, il faut stopper, la machine en a besoin. »

Le commandant fait la grimace. Il a
raison : stopper au milieu de cette mer
en furie est dangeux ; mais il le faut... Si
la machine se détraque en plein, nous
allons être au fond de l'eau dans une
heure. Ces coquins de requins, ils ne
nous quittent pas. Quand j'ai vanté les
charmes d'un lit d'algues et de roche, je

n'avais pas songé aux requins... Être croqués par eux! Enfin, chassons loin de nous ces idées. Je vais voir les passagers.

C'est peu charitable, ça ne dénote pas un bon cœur, j'en conviens humblement, mais rien ne m'amuse comme leur mine blême; leur peur les rend passablement risibles, et d'une humeur, grand Dieu!... Comme la peur va mal aux hommes. Avec cette barbe, insigne de la toute-puissance, de la force, de l'énergie (à ce qu'ils disent), la peur ne leur sied pas du tout.

Ma foi, si la traversée dure longtemps encore, ils seront tous fous.

Les soldats ne sont pas très-courageux non plus.

Je leur dis : « Mais vous autres, com-

15.

ment se fait-il que vous ayez peur, habitués comme vous l'êtes à braver si souvent la mort?

— A la guerre, me répondent-ils, nous défendons notre vie au moins, et ici nous l'attendons sans pouvoir lutter; et puis, c'est trop long, voilà quatre jours que cela dure, on a le temps d'épuiser la dose de courage que l'on possède. »

Ils ont raison, ma foi.

Enfin il fait jour, et nous sommes sortis du golfe; nous nous trouvons entre les Baléares et les côtes d'Espagne. Ah! nous allons enfin relâcher! Quel besoin nous en avons! Nous pourrons dormir quelques heures... Quel bonheur! Les passagers sont ivres de joie... Mais pourvu que le commandant veuille relâcher cette fois-ci?

Il le voudra. D'abord, il n'y a plus de charbon que pour deux jours, le temps n'a pas l'air de vouloir se calmer, le vent souffle *furioso*, la mer va de pire en pire. Les passagers sont à moitié morts et à moitié fous. Tantôt, un passager des secondes, un artisan marchand de corail à Alger, s'est précipité sur le pont, un couteau à la main, voulant tuer tout le monde : la peur lui a tourné la tête. Cela a fait une très-pénible impression. On lui a mis les fers et on l'a enfermé dans une cabine ; le docteur lui donne des soins.

Il n'y a plus beaucoup de charbon... on relâchera. Les matelots sont morts de fatigue... on relâchera.

Voilà dix ou douze passagers qui demandent le commandant.

« Commandant, nous allons relâcher à Barcelone, j'espère?

— Oui, Messieurs.

— Ah! Dieu soit béni et le commandant loué! »

Moi, je me suis abstenue de demander, pour ne pas m'entendre répéter cette phrase polie et aimable :

« Chacun son métier, je sais ce que j'ai à faire! »

Si les passagers pouvaient, ils danseraient de joie. Mais ils font leurs préparatifs de départ.

« Pourquoi donc, Messieurs?

— Pourquoi? C'est que nous comptons bien tous, arrivés à Barcelone, dire adieu au commandant et au *Chéliff*, et revenir par terre.

— Quelle bonne idée! parfait, charmant! Et moi donc, comme je vais descendre à Barcelone aussi!

— Quelle bonne niche à faire au commandant! Il arrivera sans un seul de ses
passagers : cela prouvera les bons et aimables soins qu'il leur a prodigués.

—Mais, dit M.***, va-t-il vouloir nous
laisser descendre?

— Ma foi, s'écrie M. K..., moi, je
trouverai bien le moyen de partir, de-
vrais-je séduire un matelot en lui offrant
la moitié de ma fortune.

—Moi, je suis toute décidée : arrivée
à Barcelone, je fais un plongeon, je res-
sors le plus loin possible du *Chéliff*, et
j'arrive au port. »

Tout le monde est gai ; nous méditons
une petite émeute, décidés à nous révolter

si l'on ne nous débarque pas. C'est ça.

Mais il est cinq heures, et... Anne, ma sœur Anne, ne vois-tu rien venir?... Nous n'apercevons pas du tout les côtes de la charmante Espagne. Je me vais renseigner près d'un matelot :

« Mon ami, serons-nous bientôt arrivés à Barcelone?

— Nous n'y allons pas, Madame. Le commandant a changé d'avis; nous filons vers Marseille. »

Pour le coup, c'est trop fort. Le plus court est d'en rire.

« Messieurs les passagers... » — je fais mon possible pour prendre un air sérieux, mais je ne puis m'empêcher de rire en songeant à l'effet que vont produire mes paroles, — « Messieurs et Mesdames, nous ne relâchons pas. Le commandant a changé d'avis; nous filons sur Marseille. »

Peindre la fureur, la consternation, la stupéfaction de tout le monde, est impossible.

Enfin on coure sur le pont. Le commandant s'y trouve.

« Commandant, s'écrie l'un, nous voulons relâcher !

— Commandant, s'écrie l'autre, c'est une indignité, on ne se joue pas ainsi de la vie de plus de deux cents personnes !

— Nous protestons tous, s'écrie un autre, contre votre conduite !

— C'est une horreur ! une abomination ! »

Le commandant est tant soit peu ahuri, il ne sait que répondre ; tout le monde parle à la fois.

Je saisis le premier moment de silence
pour lui glisser ceci en douceur :

« Commandant, vous m'avez répondu
l'autre jour assez peu poliment : « Chacun son métier. » Permettez-moi de vous
dire que votre métier était de relâcher
l'autre jour ; et aujourd'hui votre devoir
est de le faire, car vous compromettez la
vie et la raison de beaucoup de gens.

— Madame, la seule chose dont j'aie à
me préoccuper, c'est de mes dépêches ;
il faut qu'elles arrivent le plus tôt possible.

— Voyons, commandant, vous vous
faites une singulière illusion, vous croyez
être ici sur un navire de guerre. Là, il
est vrai, le commandant a peu à se préoccuper du désir, de la santé des passagers. Mais les Messageries sont des om-

nibus au service des passagers, et les
commandants doivent se préoccuper,
beaucoup même, et du bien-être et de la
santé de tout le monde. Et c'est ce que
font tous les autres commandants des
Messageries, et c'est ce que les directeurs des Messageries leur recommandent. »

Il s'éloigne en promettant de relâcher ;
mais, moi, je lis sur son front qu'il n'en
fera rien.

En effet, il n'en a rien fait... Mais
nous avons promis un cierge à la bonne
Vierge, la grande protectrice des marins.

Nous lui avons dit : « Bonne et sainte
mère de Dieu, sauvez-nous de l'onde
amère malgré le commandant, et, passagers et matelots, nous porterons un gros

16

cierge dans votre chapelle. » Elle nous a
exaucés, car l'on aperçoit les côtes... Je
crois que même les marins de Christophe
Colomb ne saluèrent pas la vue de la
terre avec de plus joyeuses acclamations
que nous... Les Arabes et les soldats,
que l'on avait entassés à fond de cale,
non pas par humanité, mais parce qu'ils
gênaient la manœuvre et pouvaient faire
chavirer, sont remontés sur le pont...
Pauvres gens! ils en ont fait un jeûne de
Ramadan! Leur besace contenant les vi-
vres ayant été emportée par les vagues...
ils n'avaient plus rien à manger. Le règlement n'indiquait pas que le commandant dût leur en donner!...

Nous arriverons à Marseille à six heures, mais l'on ignore si nous pourrons
entrer dans le port, à cause du temps ..

Si nous ne pouvons entrer, le vent nous
jettera sur les côtes de la Sardaigne...
Nous n'avons plus de charbon, il nous
manque deux voiles!...

Enfin nous échouerons au moins près
des côtes!... Mais décidément la Vierge
nous protége, nous voilà près des îles
Pomègue; la mer est plus calme, nous
pourrons entrer... Nous apercevons à
notre droite la mâture d'un navire qui
est venu s'échouer près des îles, se trom-
pant de feux... Ça nous donne le frisson.
Nous sommes en vue du port... Dieu soit
loué!

Mais il est six heures du soir, et c'est
aujourd'hui vendredi; nous tenons la
mer depuis samedi... c'est unique dans
les annales de la traversée d'Alger à
Marseille! Au moment même des équi-

noxes, ces traversées se font en trente-
huit ou quarante heures, et les commandants, tant pour leur bateau que pour
leurs passagers, ont l'habitude de cô-
toyer les côtes d'Espagne et de relâcher
quand la mer est mauvaise...

Ainsi, le bateau parti mardi, trois
jours après notre départ, arrivait en
même temps que nous... Il a relâché
trois fois, et à Barcelone les passagers
sont descendus pour revenir par terre,
se trouvant trop ballottés et ayant trop
peur de sombrer... S'ils avaient été à
notre place!

Ma foi, me voilà brouillée avec la mer
pour longtemps .. Croyez donc après
cela les poëtes qui chantent ses charmes,
ses flots bleus! J'aurais voulu que tous
les poëtes qui ont chanté les beautés de

la mer se fussent trouvés à bord du *Chéliff...* De longtemps ils n'auraient pu re-
commencer.

> Ah ! sur la mer si belle
> Plus n'irai voyager :
> La mer est infidèle,
> Le bateau peut sombrer.

Sur ce, je dirai à qui de droit que
l'entêtement est un vilain défaut, que le
manque de politesse est un plus vilain
défaut encore. Si cette leçon ne lui plaît
pas... qu'il ne fasse pas de façons : à
trente pas, avec une balle, je casse un
œuf sur une bouteille.

6800. — Paris, impr. Jouaust et fils, rue S.-Honoré, 338.

Imprimé en France
FROC03n1405300818
19448FR00010B/134/P

9 782019 582722